Inge Mischke

Schweig, Julia, schweig

Über das Buch:

Ein Kommissarenteam, das sich zusammenraufen muss.

Eine junge Rechtsreferendarin, die glaubt, die Polizei bräuchte ihre Hilfe.

Ein Mord, der Fragen aufwirft.

Verdächtige, Motive, falsche Alibis und eine verzweifelte Wohnungssuche in Münster halten die Ermittler Ubbo Dierks, Anke Breider und ihre ungebetene Helferin Kati Hülsberg auf Trab.

Über die Autorin:

Inge Mischke ist glücklich verheiratet und Mutter von vier Kindern. Zusammen wohnen sie in der schönsten Stadt Deutschlands.

Sie überlegen, welche das sein könnte? Dann waren Sie noch nie da!

Inge Mischke lebt dort seit ihrem Jurastudium. Nach einigen Jahren als Vollzeitmutter ist dies heute nur noch eine Teilzeitbeschäftigung ohne Jobgarantie für die Zukunft. Die freigewordenen Ressourcen nutzte sie zunächst, um ihrer Liebe zu Münsters Stadtgeschichte zu frönen und als Stadtführerin zu arbeiten. Dann entdeckte sie ihre Leidenschaft für das Krimischreiben ...

Inge Mischke

Schweig, Julia, schweig

Kriminalroman

1. Auflage, 2021

Gestaltung & Coverdesign: Inge & Lothar Mischke
ISBN: 978-3-754148-33-4

Inge Mischke
Sentruper Straße 211
48149 Münster
Deutschland

inge@muenstermord.de
www.muenstermord.de

Münstermord
Band 1: Schweig, Julia, schweig

Für meine Familie.
Jeder hat seine individuelle Definition von Glück.
Ihr seid meine.

Dies ist eine fiktive Geschichte. Ähnlichkeiten mit real existierenden Personen oder Begebenheiten sind rein zufällig und nicht beabsichtigt.

Einige der in diesem Buch beschriebenen Orte gibt es allerdings tatsächlich. Doch so sehr ich das auch bedaure, habe ich für die Erwähnung von touristischen oder gastronomischen Einrichtungen oder die Verwendung von Markenbezeichnungen für Produkte weder Vergünstigungen noch eine Bezahlung erhalten.

Kapitel 1

„Ich verstehe dich einfach nicht.“ Mit schriller Stimme zischte Stefanie Hülsberg ihrer Tochter dieses Urteil entgegen, während sie dabei routiniert ihren mattschwarzen SUV durch die Innenstadt Münsters lenkte.

Gequält schloss Kati die Augen und spürte, wie der dumpfe Kopfschmerz hinter ihren Schläfen stärker wurde.

„Ich weiß“, versuchte Kati ihre Mutter zu beschwichtigen. Ein sinnloses Unterfangen wie sie sehr wohl ahnte.

Stefanie holte langsam Luft und schürzte ihre Lippen. Dabei erschienen in ihrem makellos geschminkten Gesicht tiefe Falten. In diesem Moment sah man ihr jedes ihrer 58 Jahre deutlich an. Sie setzte den Blinker, um schwungvoll auf die rechte Fahrspur zu wechseln, und fing an zu lamentieren: „Statt dich von deiner Mutter um elf Uhr durch die Stadt kutschieren zu lassen, nachdem du auf der Couch deiner Schwester geschlafen hast, könntest du in einer schönen Wohnung mit Blick auf den Hafen zusammen mit Jörg den Tag genießen. Nach dem Frühstück würdet ihr gemeinsam ins Büro fahren. Aber nein, du musstest ihm ja den Laufpass geben ..."

„Mutter, ich habe ihn in flagranti ertappt."

Kati spürte, wie sich Tränen der Wut und der Trauer in ihren Augen sammelten und sie eine Woge des Schmerzes bei der Erinnerung daran überkam. Sie atmete tief ein und klimperte konzentriert ihre Tränen weg. „Nur keine Schwäche zeigen" war ihr Mantra der letzten Wochen.

„Pah, wenn ich bei jedem Seitensprung deines Vaters gleich an Trennung gedacht hätte, wärst du ohne männlichen Elternteil aufgewachsen", giftete Stefanie. Kleine hektische rote Flecken ließen sich unter ihrem Make-up erahnen und zeigten, wie aufgebracht sie mittlerweile war. „Sieh doch, wohin dich das bringt, Kati. Keine Wohnung, keine Arbeit, nicht mal mehr ein Auto."

„Mein Wagen steht in der Werkstatt", entgegnete Kati eine Spur zu laut. „Und du hast gesagt, du wolltest mich fahren. Es würde keine Umstände machen, du hättest in der Bahnhofsgegend einen Termin."

„Ach, darum geht es hier jetzt gar nicht. Denk doch an deine Zukunft."

„Ich arbeite dran. Ich suche verzweifelt eine Wohnung. Aber der Wohnungsmarkt in Münster ist eine Katastrophe." Erschöpft lehnte Kati ihren Kopf an die Kopfstütze.

„Wir haben dir unser Gästezimmer angeboten, aber das war dir ja nicht gut genug ..."

Katis Kopfschmerzen dehnten sich jetzt im gesamten Kopfbereich aus. Einen Moment gönnte sie sich, an das herrliche Gästezimmer bei ihren Eltern zu denken. Boxspringbett, Kaltschaummatratze. Ein ruhiges Zimmer, geschmackvoll eingerichtet. Stattdessen hatte sie die Nacht auf einer alten durchgelegenen Couch verbracht, auf der sie vor dem Einschlafen auf der Armlehne den durchgeweichten Babykeks ihres Neffen gefunden und abgekratzt hatte. Bäh! Selbst der Gedanke daran ließ Kati vor Ekel erschaudern. Schnell dachte sie an etwas Angenehmes. Sie stellte sich vor, in dem riesigen Bett ihres ehemaligen Kinderzimmers zu liegen und ...

Da keifte ihre Mutter ihr auch schon von der Fahrerseite ins Ohr: „Unser Gästezimmer, du erinnerst dich?"

Kati erinnerte sich tatsächlich wieder, warum sie das Angebot ihrer Eltern ausgeschlagen hatte und stattdessen das unbequeme Sofa bei ihrer Schwester nebst Schwager und Kindern vorzog. Ihre Mutter ertrug sie nur in homöopathischen Dosen und nach dieser Autofahrt war ihr Bedarf für Monate gedeckt.

„Es ist schön bei Monika", log sie.

„Und die Arbeit läuft so gut wie die Wohnungssuche", stichelte ihre Mutter.

„Besser. Ich bin froh, dass mein Referendariat am Landgericht endlich angefangen hat, und wenn es mit dem Apartment hier heute klappen sollte, bin ich zufrieden."

„Pah, eine Zwei-Zimmer Wohnung in unmittelbarer Nähe zum Bahnhof.“ Verächtlich rümpfte Stefanie ihre Nase.

Kati kannte die Vorurteile, die ihre Mutter diesbezüglich hatte. Als Geschäftsfrau, Mitinhaberin einer Galerie und Anwaltsgattin wusste Stefanie Hülsberg alles über Geld, Wohngegend und gesellschaftliche Stellung in und um Münster. Und die Bahnhofsgegend war in ihren Augen nicht gerade die erste Adresse in dieser Stadt. Kati erwiderte mit süffisantem Lächeln: „Die jetzige Mieterin, das ist die zukünftige Schwiegertochter von Elvira Schönfelder. Die kennst du doch noch.“

Abrupt nahm Stefanie Hülsberg ihren Fuß vom Gas und starrte überrascht ihre Tochter an. Das brachte ihr das wütende Hupen des Autofahrers hinter ihr ein, der sie erbost überholte und ihr gestenreich durch das Seitenfenster zu verstehen gab, was er von ihrem Fahrstil hielt. Stefanie nahm ihn gar nicht wahr, besann sich wieder aufs Autofahren, beschleunigte eifrig und fragte neugierig nach: „Elvira Schönfelder? *Die* Schönfelder, Vorsitzende des Münsterclubs?“

„Genau die.“

„Welcher Sohn heiratet denn, Felix oder Maximilian?“

„Felix.“

„Und der wohnt hier in der Achtermannstraße am Bahnhof? Hat er sich denn mit seiner Familie überworfen?“

„Nein, hier lebt seine Verlobte Julia. Er ist Banker und wohnt zur Zeit in Frankfurt. Die beiden suchen sich eine gemeinsame Wohnung in Münster."

Mittlerweile hatte der SUV die Achtermannstraße erreicht. Wie immer war weit und breit kein Parkplatz in Sicht.

„Park ruhig in zweiter Reihe, ich springe schnell raus."

„Ja, aber ich habe da noch ein paar Fragen."

„Die klären wir beim nächsten Mal." Die Aussicht darauf, die Autofahrt beenden zu können und eine überraschte Mutter zurückzulassen, gab Kati einen Energieschub.

Seufzend brachte Stefanie den Wagen abrupt zum Stehen, was ihr einmal mehr das wilde Hupen eines Autofahrers hinter ihr einbrachte.

„Bis dann", rief Kati und stieg aus.

„Ich rufe dich später an", versprach Stefanie, während ihre Tochter die Autotür zuschlug.

„Droh nicht", murmelte die leise vor sich hin.

Schon brauste ihre Mutter davon.

Es nieselte. Kati zog sich die Kapuze ihrer olivgrünen Daunenjacke tiefer ins Gesicht und umklammerte ihre prall gefüllte Ledertasche. Angespannt suchte sie die richtige Hausnummer, 248c, 4. Stock, ganz oben. 238, 244, 246, ah, sie hatte 248c erblickt und ging entschlossen auf das Gebäude zu. Sobald sie es erreicht hatte, fiel ihr der leicht abgewrackte Mann in der Nähe der Eingangstür auf, der sein Gewicht unruhig von einem

Fuß auf den anderen verlagerte. Auch wenn es ihr schwerfiel, es einzugestehen, ihre Mutter hatte recht. Die Wohngegend hier hatte ihre Schattenseiten. Schade, die Häuser waren ansehnlich und gepflegt. Die Nähe zur Innenstadt und zur Promenade sogar unschlagbar. Die Promenade in Münster, das war ein Grüngürtel für Radfahrer und Jogger, der sich rings um das Stadtzentrum zog. Herrlich! Aber die geringe Entfernung zum Bahnhof brachte auch Nachteile. Da gab es schon ein paar dunkle Gestalten. Während sie diesem Gedanken nachhing, kam der nervöse, ein wenig ungepflegte junge Mann auf sie zu. Kati erwartete, dass er um Kleingeld bitten würde. Stattdessen fragte er verschwörerisch mit niederländischem Akzent: „Na, ein Tütchen?“

Einen Moment überlegte Kati, was er mit Tütchen meinen könnte, dann wurde ihr klar, dass ihr soeben Drogen angeboten wurden. Überrascht und etwas entsetzt entgegnete sie: „Ich versuche es heute mal ohne.“ Dabei drückte sie auf den Klingelknopf, der mit „Julia Brink“ beschriftet war.

Der Drogendealer schlenderte ein paar Meter weiter, blieb dann stehen und beobachtete Kati interessiert.

Niemand öffnete. Kati schauderte unter den Blicken des jungen Mannes. Sie betätigte die Klingel erneut. Diesmal energisch und etwas länger. Nichts. Frustriert checkte sie im Nieselregen ihr Handy, ob Tag und Zeit des Termins stimmten. Freitag, 11 Uhr. Es war 11:04 Uhr. Fast pünktlich. Resigniert ließ Kati den Kopf sinken. In diesem Moment öffnete sich die Eingangstür des Mehrparteienhauses und ein junger Mann, vermutlich ein Student, stand ihr gegenüber. Lässig, mit Jeans und Lederjacke gekleidet und einem Rucksack auf den Schultern, schenkte er Kati ein gutgelauntes Lächeln.

„Möchtest du rein?“, fragte er und hielt ihr bereitwillig die Tür auf.

Ohne große Erklärung schlüpfte Kati in den Hausflur, murmelte ein „Dankeschön“ und stieg die Treppen hinauf. „Einen Versuch ist es wert“, flüsterte sie, froh dem Nieselregen und der unangenehmen Beobachtung durch den Dealer zu entkommen. Manchmal streiken die Klingelanlagen. Vielleicht öffnet Julia Brink oben die Tür, dachte Kati. Entschlossen stieg sie Stufe um Stufe hinauf. Altbau, ohne Fahrstuhl. Was finden Leute nur daran? Klar sind hohe Decken ein Hingucker, aber das heißt doppelt so viele Treppen.

Keuchend erreichte Kati Julias Wohnungstür und wollte gerade läuten. Doch dann erstarrte sie. Ihr Herzschlag beschleunigte sich. Damit hatte sie nicht gerechnet.

Die Tür war angelehnt und in Höhe des Schlosses sah man eindeutig Einbruchspuren. Das Holz hatte tiefe Kratzer und war eingedellt. Unentschlossen und unfähig, einen klaren Gedanken zu fassen, überlegte Kati hektisch, welche Optionen sie hatte. Polizei rufen, hineingehen, Angst haben. Was sollte sie nur machen und in welcher Reihenfolge? Was, wenn jemand in der Wohnung Hilfe brauchte? Dann traf sie ihre Entscheidung.

Vorsichtig drückte Kati die Tür auf und lugte in den Flur. Nichts Verdächtiges war zu sehen. Laut pochte ihr Herz und in ihren Ohren rauschte es. Sie holte tief Luft und trat ein. Langsam schlich sie durch den Korridor, immer geradeaus. Ihre große schwere Handtasche stellte sie auf dem Flurboden ab und tastete sich auf Zehenspitzen entlang der Wand bis zur nächsten Tür. Der Laminatboden unter ihren Füßen knarrte. Das Geräusch schickte einen Adrenalinstoß durch ihren Körper. Sie hätte Julias Namen gerufen, aber ihr Mund war wie ausgedörrt. Sie war sich sicher, keinen Ton herauszubekommen. Ihr Herz raste und Schweiß bildete sich auf ihrer Stirn. Es gibt bestimmt eine harmlose Erklärung, redete sie sich ein. Sie nahm den leichten Duft von Rosen wahr, atmete ihn tief ein und spürte, wie die Anspannung ein wenig nachließ.

Die Wohnzimmertür stand sperrangelweit offen. Vorsichtig spähte Kati in den Raum. Erschrocken schlug sie sich die Hand vor den Mund und unterdrückte einen Aufschrei.

Inmitten einer dunkelroten Blutlache lag ein lebloser Körper. Bücher, Kissen und eine zerbrochene Vase mit roten Rosen waren überall auf dem Boden verstreut.

Kati taumelte mit zittrigen Knien ein paar Schritte weiter und blickte in die leicht geöffneten Augen von

Julia Brink, die starr geradeaus schauten. Überall im Gesicht waren kleine stecknadelkopfgroße Einblutungen. An Katis Armen bildete sich Gänsehaut. Hilfe kam für Julia zu spät. Trotzdem kniete sich Kati nieder und suchte nach einem Pulsschlag, um sicher zu sein.

Nichts. Der Körper war bereits kalt und erstarrt. Hektisch kramte sie in ihrer Jackentasche nach ihrem Handy. Dabei registrierte sie den zerbrochenen Bilderrahmen mit dem Foto von Julia und einem Mann, vermutlich ihrem Verlobten Felix. Neben der Couch, inmitten von Scherben, lagen zwei offene Schmuckschatullen. Vom Inhalt fehlte jede Spur.

Mit eiskalten, zittrigen Fingern tippte sie die Notrufnummer, räusperte sich und hoffte darauf, dass ihre Stimme nicht versagen würde. Während sie angespannt wartete, dass sich jemand am anderen Ende der Leitung meldete, hörte Kati Geräusche aus dem Treppenhaus. Energische Schritte, die näher und näher kamen.

„Julia? Julia, die Tür ist auf!"

Kati spürte, wie eisige Kälte ihren Rücken hinaufkroch und sie lähmte.

„Polizeinotrufzentrale, was kann ich für Sie tun?"

Der Klang der ruhigen Stimme am anderen Ende der Telefonleitung holte Kati für einen Moment aus ihrer Erstarrung.

Panisch flüsterte sie in ihr Handy, so schnell sie konnte: „Mein Name ist Katerina Hülsberg, ich bin in der Achtermannstraße 248c, im 4. Stock. Hier liegt eine Leiche und gerade kommt jemand in die Wohnung."

In ihrer Angst starrte sie mit weit aufgerissenen Augen in Richtung Tür, unfähig, sich von der Stelle zu bewegen. Wie ein Reh, gebannt vom Scheinwerferlicht eines heranrasenden Autos, wartete sie auf das Unvermeidliche. Ihr Gehirn hatte jeglichen Dienst aufgegeben. Ein Durchdenken ihrer Situation oder eine Reaktion waren unmöglich. Kein klarer Gedanke ließ sich formen. Stattdessen hockte sie da und wartete.

Kati hörte die Schritte immer lauter durch den Flur hallen. Dann stand ein Mann an der Schwelle zum Wohnzimmer. Er schien den ganzen Türrahmen auszufüllen. Kati senkte angsterfüllt ihren Blick und ergab sich ihrem Schicksal.

„Was ist hier los?", brüllte der Fremde wütend. Grob zog er Kati hoch und zerrte sie von Julia weg. Dabei stieß er sie unsanft gegen den Wohnzimmerschrank. Das Handy entglitt Katis Händen und landete mitten in der Blutlache.

Die Stimme des Polizeibeamten ertönte deutlich aus dem Smartphone: „Reden Sie bitte mit mir. Können Sie mir sagen, was gerade passiert?"

Der Mann kniete sich selbst neben den Körper. Er versuchte die Leiche an sich zu ziehen und schrie immerzu ihren Namen.

„Julia, Julia, was ist los?"

Alles sah unnatürlich aus. Die Leichenstarre hatte bereits eingesetzt. Es war unmöglich, die Tote in den Arm zu nehmen.

Auf Kati wirkte es so, als ob der Fremde eine Schaufensterpuppe umklammerte. Außerstande, sich zu bewegen, verharrte sie unbeteiligt in ihrer Position. Sie starrte auf ihr Handy, ihre Schuhspitzen, die die Blutlache berührten, und die muskulösen Hände des fremden Mannes. Julias seltsam starre Augen schienen sie anzusehen, genauso leer und teilnahmslos, wie sie sich fühlte.

Eine Schramme war auf Julias Wange zu sehen. Ihr langes blondes Haar war überall mit Blut verklebt. Kati war unfähig, etwas zu sagen oder zu tun, und sei es nur, ihren Schuh aus der Blutlache zu heben. Der Eindringling schluchzte mittlerweile und wiegte sich rhythmisch hin und her. Ihr Gehirn verarbeitete die Informationen nur langsam. Es schien wie mit Watte gefüllt zu sein.

Sie starrte auf das Foto in dem zerbrochenen Rahmen, der auf dem Fußboden lag. Das Bild zeigte eine lachende Julia, die einen Ring in die Kamera hielt, in den Armen eines Mannes.

Der Fremde – das war der auf dem Foto! Schlagartig begriff Kati, dass es Julias Verlobter Felix Schönfelder war, der vor ihr im Blut kniete. Eine Woge des Mitgefühls durchflutete sie und voller Traurigkeit sah sie auf das Opfer und ihren verzweifelten Freund.

Abrupt sprang Felix auf, blickte Kati zornig an und schrie wutentbrannt: „Was haben Sie mit ihr gemacht? Warum haben Sie Julia umgebracht?“

Völlig unerwartet stürzte er sich auf sie und schüttelte sie heftig. Er stieß sie an die Wand, wobei sie sich den Kopf anschlug und für einen Moment Sterne sah.

Kati wollte schreien, sich wehren. Ihr Mund öffnete sich, aber sie brachte keinen Laut heraus. Mit glasigen Augen sah sie entsetzt ihren Angreifer an, der sie immer noch anbrüllte.

Sie vernahm sein Geschrei nur wie aus weiter Ferne. Zu laut war das Rauschen in ihren Ohren. Ihr wurde schwindelig und es flimmerte vor ihren Augen. Langsam, mit dem Rücken an der Wand, sackte sie zusammen. Schließlich wurde alles schwarz.

Ihre Ohnmacht währte nur wenige Momente. Als sie wieder zu Bewusstsein kam, stand Felix immer noch drohend und tobend über ihr. Doch dann hörte Kati Sirenengeheul und stampfende, lauter werdende Schritte aus dem Treppenhaus. Sie schöpfte Hoffnung.

Nur Minuten später waren unzählige Menschen in der kleinen Wohnung. Polizisten, Rettungssanitäter, ein Notarzt, der Katis Blutdruck maß und ihr eine Decke und ein Glas Wasser anbot. Trotz Schweißausbruchs war ihr kalt und sie zitterte. Selbst die Sanitäter bemühten sich um sie. Das schien ihr alles surreal. Julia Brink war doch die Ermordete, warum kümmerte man sich um sie statt um das Opfer?

Kati fiel es schwer, nicht auf den Leichnam zu starren. Langsam spürte sie, dass ihr Kreislauf seine

Arbeit aufnahm und ihr Gehirn wieder funktionierte. Ihre Beule am Hinterkopf, die pochte gewaltig, aber alles andere schien ihr in Ordnung zu sein.

„Möchten Sie vorsorglich ins Klinikum gebracht werden? Vermutlich haben Sie eine Gehirnerschütterung“, fragte der Notarzt fürsorglich.

„Nein, nein, es geht schon. Ich brauche nur ein paar Minuten“, antwortete Kati leise aber entschieden.

Der Notarzt schien nicht zufrieden mit ihrer Antwort, doch dann lenkte er ein und schlug vor: „Wir setzen Sie am besten in die Küche. Dort ist es ein wenig ruhiger.“

Damit meinte er wohl den noch immer lautstark klagenden Felix Schönfelder, auf den mehrere Beamten beruhigend einwirkten.

Ein Sanitäter begleitete Kati in die Küche, reichte ihr ein Glas Wasser, ermunterte sie, es zu trinken, und verschwand wieder im Wohnzimmer. Stimmengewirr war zu hören. Weitere Menschen waren angekommen, das Brüllen des Verlobten war verstummt. Minuten vergingen und Kati starrte vor sich hin. War ihr größtes Problem vor wenigen Stunden nicht noch ihre Wohnungssuche und die durchgelegene Couch ihrer Schwester gewesen?

Kapitel 2

Schweigend gingen die Kommissare Ubbo Dierks und Anke Breider an den uniformierten Polizeibeamten vorbei, die vor dem Wohnhaus in der Achtermannstraße standen. Anke grüßte und wurde zurückgegrüßt, während niemand von Ubbo Dierks Notiz nahm. Sie durchschritten die Hauseingangstür mit der Nummer 248c und stiegen die Treppen hinauf.

Anke spürte den kratzigen Kragen ihres Mantels an ihrem Hals. Kein Wunder, dass ich ihn so selten trage, dachte sie. Sie nestelte an ihrem Schal herum, damit ihre Haut geschützt war. Langsam ging sie die Treppe hinauf. Bis auf das monotone Klackern ihrer Absätze auf den Stufen war nichts zu hören.

Schweigen, immer nur Schweigen. Anke würde es nicht brechen, komme, was da wolle. Sie hatte im Revier versucht, ein Gespräch zu beginnen. Sie hatte während der Autofahrt einen Versuch gestartet. Der Erfolg war immer derselbe. Vor ihr lag ein weiterer wunderbarer Tag mit ihrem neuen Kollegen Ubbo Dierks. Yeah! Toll, einfach toll. Der große schweigsame, muskulöse Mann mochte im Kino der Hit sein, aber im wahren Leben – als Teamkollege – war er scheiße.

Ja, ein hartes Urteil. Immerhin war Ubbo höflich, kompetent in seinem Job, er war intelligent, und schlecht aussehen tat er auf gar keinen Fall. Genaugenommen sah er sogar blendend aus, groß, mindestens einen Meter neunzig, mit breiten Schultern, grauen, traurigen Augen und dichten braunen Haaren. Er war erst Anfang dreißig, trotzdem hatten sich tiefe Sorgenfalten in seine Stirn eingegraben. Eine geheimnisvolle Aura, das klang faszinierend, aber im Fall von Ubbo Dierks war geheimnisvoll das falsche Wort. Ihn umgab Dunkelheit wie eine düstere Wolke der Resignation. Es war, als ob er in einem schwarzen Loch saß und jeden um sich herum hineinsog. Darüber hinaus schwieg er, zu allem. Immer!

Nur für die unmittelbare Arbeit, bei Befragungen oder Terminabsprachen, hob sich der Schleier der Teilnahmslosigkeit für wenige Augenblicke und seine sonore tiefe Stimme war zu hören. Um gleich darauf wieder für Stunden zu verstummen.

Stufe für Stufe stapften die beiden Kommissare nach oben, eintönig, Tritt für Tritt, Schritt für Schritt. Der Treppenaufstieg schien Anke wie ihre Zusammenarbeit mit Ubbo, mühsam, monoton, eine einzige Qual.

Die Arbeit mit ihm war zäh. Er verschluckt mich, dachte Anke resigniert, mit Haut und Haaren.

Sie war froh, als sie endlich oben angekommen waren. Dass ich mich auf die Ankunft an einem Tatort freuen würde, hätte ich mir vor meiner Zusammenarbeit mit Ubbo nicht vorstellen können, kam ihr in den Sinn.

Vor der Wohnung zogen sie sich Schutzkleidung über und betraten den Tatort.

Dort grüßte Anke den Leiter der Spurensicherung, Peter Finne. Sein Gesicht erinnerte sie an eine Bulldogge. Er hatte runde braune Augen, Hängebacken, eine kurze Nase und ausgeprägte Gesichtsfalten. Peter war ein untersetzter Mann Ende fünfzig mit Halbglatze. Seine Stimme hingegen war höher, als man es anhand seines Äußeren erwarten würde. Anke war jedes Mal aufs Neue überrascht von ihrem piepsigen Klang.

Peter führte sie ins Wohnzimmer. Er wies sie darauf hin, dass die Zeugin, die das Opfer gefunden hatte, leicht verletzt und mitgenommen in der Küche sitze. Der Verlobte des Ermordeten sei auf dem Weg ins Revier.

Im Wohnzimmer fanden Ubbo und Anke einen katastrophalen Tatort vor. Spuren eines Kampfes, eine Leiche und Blut waren zu sehen. Dunkelrote Fußabdrücke zeigten ausgehend von der Blutlache in alle Himmelsrichtungen.

„Warum habe ich denn überhaupt Überschuhe und alles angezogen, spurentechnisch ist das hier ja wohl der Super-GAU", giftete Anke los.

Der Notarzt, der seine Utensilien zusammenpackte, reagierte scharf: „Wenn wir an einen Tatort kommen, geht es für uns um schnelle Hilfe, da können wir nicht auf eine Tatortsicherung Rücksicht nehmen."

„Ist ja gut." Beschwichtigend hob Anke ihre Hände hoch. Immer das Gleiche, alle trampeln durch den Tatort und kontaminieren jedes verwertbare Indiz. Und dann werden von der Spurensicherung und der Polizei wahre Wunder erwartet, dachte sie.

Der Arzt stand auf, warf einen Blick in Richtung Küche und erklärte knapp: „Die Zeugin hat vermutlich eine Gehirnerschütterung. Eine Untersuchung im Krankenhaus hat sie abgelehnt. Sie hat eine Verletzung am Hinterkopf und war kurz ohnmächtig. Ihr Kreislauf hat sich nach wenigen Minuten wieder stabilisiert. An ihren Oberarmen sind frische Hämatome zu erkennen. Der zweite Zeuge war nicht zimperlich im Umgang mit ihr."

Anke sah in seinem Gesicht Abscheu für das Verhalten des Verlobten gegenüber seiner Patientin. Wie erfrischend, urteilte sie. Die vielen Jahre bei der Mordkommission hatten sie abstumpfen lassen. Gewalt war für sie etwas so Alltägliches, dass eine Tat nur selten Ekel oder Wut bei ihr hervorrief.

Der Notarzt nickte ihr zu und verabschiedete sich. Seine Arbeit hier war erledigt.

Peter Finne nutzte die Gelegenheit und fasste die ersten vorläufigen Ergebnisse zusammen. „Das Opfer, Julia Brink, ist seit etwa fünfzehn bis zwanzig Stunden tot. Zum genauen Todeszeitpunkt nach der Obduktion mehr. Das Opfer war 25 Jahre alt und wohnte seit 2018 in dieser Wohnung. Frau Brink war mit Felix Schönfelder verlobt. Die beiden planten, in zehn Wochen zu heiraten, und waren auf Wohnungssuche." Peter machte eine kurze Pause und wies auf das Foto am Boden hin. „Das sind die beiden. Dieses Apartment hatte Frau Brink gekündigt. Heute sollte sich eine mögliche Nachmieterin die Wohnung ansehen. Die fand die Leiche und rief die Polizei", fasste Peter nüchtern zusammen.

„Und der Verlobte?", fragte Anke nach.

„Der kam hinzu, während die Zeugin neben der Leiche kniete. Er hielt sie für die Täterin und es kam zu einer körperlichen Auseinandersetzung. Die Zeugin wurde leicht verletzt. Der Verlobte wurde zum Verhör ins Polizeipräsidium gebracht", antwortete Peter bereitwillig. „Das Smartphone in der Blutlache gehört nicht dem Opfer, sondern der Zeugin Katerina Hülsberg. Das Handy von Julia Brink konnten wir bisher nicht ausfindig machen. Wir haben bereits alle Räume danach abgesucht und ihre Nummer angerufen. Ohne Erfolg."

Anke ließ ihren Blick schweifen. „Der zerbrochene Fotorahmen, die Behälter auf dem Boden. Gab es einen Kampf? Stammt die Unordnung vom Täter oder von der Auseinandersetzung der Zeugen am Tatort?"

„Der Verlobte ist sich sicher, dass er nichts zerbrochen oder auf den Boden geworfen hat. Alles Weitere muss erst untersucht werden." Mit diesen Worten drehte Peter sich um und gesellte sich zu seinem Team, das damit beschäftigt war, den Tatort zu fotografieren.

Anke wollte sich in Ruhe die Leiche und den Rest der Wohnung anschauen. Ubbo stand ihr dabei im Weg. Daher schlug sie ihm vor: „Ich rede hier mit allen, dann kannst du schon mal die Zeugin im Nachbarzimmer vernehmen."

Wortlos ging Ubbo in die Küche. Anke atmete erleichtert auf und widmete sich ihrer Arbeit.

Kapitel 3

„Geht es Ihnen ein wenig besser?“ Sanft stellte Kriminalhauptkommissar Ubbo Dierks Kati diese Frage.

Kati hatte ihn nicht hineinkommen hören. Erschrocken zuckte sie zusammen. Sie zog die Decke, die man ihr gegeben hatte, fester um ihre Schultern und blickte Ubbo Dierks entgegen.

„Ja, es geht schon wieder. Und nun? Wie geht es jetzt weiter?“, fragte sie aufgewühlt.

Ubbo räusperte sich, wies sich als Kriminalhauptkommissar aus und bat Kati, die Ereignisse der letzten Stunde zu schildern. Während sie erzählte, machte er sich Notizen und stellte hin und wieder Fragen. Seine tiefe wohlklingende Stimme beruhigte Kati, und nach und nach entspannte sie sich, bis sie ihn schließlich zaghaft anlächelte.

Woher der Kommissar wohl kam, fragte sie sich. Aus Münster nicht. Das hörte man gleich an seiner Aussprache. Vielleicht kam er aus dem Norden um Hamburg herum, aber die sprechen das „sp“ anders aus. Sei's drum. Die Stimme klang sympathisch.

Ubbo Dierks saß ihr an dem kleinen quadratischen Tisch in der Küche gegenüber und schrieb hin und wieder etwas in sein Notizbuch. Kati spielte derweil mit ihrem vollen Wasserglas und versuchte mühsam, die Ereignisse des Vormittags vor dem Haus und in der Wohnung wiederzugeben. Immer wieder schweifte ihre Konzentration ab und ihr Blick glitt durch die Küche. Was für ein schöner heller Raum! Auch die weiße Einbauküche mit der buchefarbenen Arbeitsplatte gefiel ihr. Das war die perfekte Wohnung für sie. Der Grundriss war optimal. Darüber hinaus war sie bezahlbar, zentral, lichtdurchflutet.

Wenn nur die Leiche nicht wäre. Kati erschauderte. Eine einsame Träne quoll aus ihrem Auge und bahnte sich langsam ihren Weg über ihre Wange. Kati war sich nicht sicher, ob sie dem Opfer galt oder sich selbst. In diese Wohnung könnte sie nicht einziehen, obwohl sie sogar über einen Balkon verfügte. Das Bild der Vormieterin in ihrer eigenen Blutlache ließ sie nicht los.

Wortlos reichte Ubbo Dierks ihr ein Taschentuch und nickte ihr aufmunternd zu.

Nervös legte Kati ihre Hände auf die Tischplatte. Sie bemühte sich, sich wieder auf die Fragen des Hauptkommissars zu konzentrieren.

Unvermittelt stürzte Ubbos Kollegin voller Elan in die Küche. Kati erschrak erneut und stieß dabei ihr Wasserglas um, das sich über den Tisch in Richtung Ubbo Dierks ergoss.

Der sprang auf, allerdings zu spät. Der halbe Inhalt des Glases hatte sich auf seinem Schoss ausgebreitet.

Seine beigefarbene Baumwollhose zeigte einen riesigen dunklen Fleck, so, als hätte er es nicht mehr rechtzeitig zur Toilette geschafft. Ubbo seufzte, während Kati mit hochrotem Kopf eine Entschuldigung stammelte: „Es tut mir so leid! Das wollte ich nicht."

Die Decke um ihre Schultern brauchte sie nicht mehr. Die Eiseskälte in ihren Gliedern war in Sekundenbruchteilen einer furchtbaren Schameshitze gewichen. Sie fühlte, wie ihre Ohren heiß wurden. Verlegen sah sie zur Seite. Dabei bemerkte sie, dass die Kriminalbeamtin nur Augen für ihren Kollegen hatte und den verdächtigen Fleck auf seiner Hose mit einem breiten Grinsen quittierte. Für sie hatte die Kommissarin keinen Blick. Sie hatte sich auch nicht vorgestellt. Sonderbar, urteilte Kati.

„Wir müssen noch die anderen Mieter im Haus befragen. Danach können wir zurück zum Revier, den Verlobten vernehmen. Sieht nach Raubmord aus. Handy und Schmuck fehlen, Geld auch, Einbruchsspuren an der Tür. Traurige Sache, alles wegen ein paar Wertgegenständen. Vielleicht ein Junkie oder einfach Pech."

Tadelnd sah Ubbo seine Kollegin an. Dann blickte er vielsagend auf die Zeugin und hob fragend die Augenbrauen.

Genervt rollte die Kommissarin mit den Augen und schnaubte verächtlich. Ubbo nahm ein Küchentuch von der Arbeitsfläche und wischte die Wasserlache vom Tisch. Seiner nassen Hose schenkte er keinerlei Aufmerksamkeit.

„Es tut mir so leid“, wiederholte Kati ihre Entschuldigung und blickte hektisch zwischen den Polizeibeamten hin und her.

Während die Beamtin den Mund öffnete und vermutlich einen giftigen Kommentar abgeben wollte, erwiderte Ubbo gelassen: „Das ist doch nicht der Rede wert, das trocknet gleich wieder. Sie hatten heute ein schreckliches Erlebnis. Vergessen Sie einfach dieses kleine Missgeschick. Vielleicht möchten Sie von uns nach Hause gebracht werden? Sie sehen noch sehr mitgenommen aus.“ Sanft ruhten seine grauen Augen auf Kati und schauten sie mitfühlend an.

Kati fühlte sich gleich besser. Sie entspannte ihre Nackenmuskeln, die sie angesichts ihrer Ungeschicklichkeit verkrampft hatte. Dann lächelte sie, bis ihr Blick den Gesichtsausdruck der Polizeibeamtin streifte.

Ubbo wurde von seiner Kollegin fassungslos angestarrt. „Entschuldige mal, seit wann arbeiten wir in einem Taxibetrieb? Wir fahren hier niemanden nach Hause.“

Betreten schaute Kati auf ihr leeres Wasserglas und spürte den zornigen Blick der Beamtin. Unsicher sah sie auf und rutschte nervös auf dem Stuhl herum. Ihr war nicht klar, weshalb die Frau derart böse auf sie zu sein schien. „Nein, nein, ich brauche keinen Fahrdienst, ich komme allein zurecht, Frau ... äh ...“, versicherte sie ihr umgehend.

„Kriminalkommissarin Anke Breider, möchten Sie meinen Dienstausweis sehen?“, fragte Ubbos Kollegin unwirsch.

Kati schüttelte den Kopf und eine Schmerzwelle durchzuckte ihr Gehirn. „Nein, nein, nicht nötig“, stammelte sie und kämpfte gegen eine Woge der Übelkeit an. „Ich glaube Ihnen auch so.“

Sie stand vorsichtig auf, hielt sich aber vorsorglich an der Tischkante fest. Ihre Beine waren wackelig und sie brauchte einen Moment, bis sie sicher ohne Stütze stehen konnte. Erleichtert suchte sie Blickkontakt zu Kriminalhauptkommissar Dierks und lächelte. Dabei achtete sie darauf, ihren Kopf nicht zu bewegen. Die Vorstellung, sich nach dem Malheur mit dem Wasserglas jetzt noch vor – oder auf – den Beamten zu übergeben, war zu viel für Kati. Sie wollte nur noch nach Hause und in ein Kissen weinen, egal ob es sauber war oder voller Keksreste. Sie stand kurz vor einem Zusammenbruch und fragte sich, ob es eine clevere Entscheidung gewesen war, eine Krankenhauseinweisung abzulehnen. In ihre Überlegungen hinein hörte sie Ubbo Dierks sagen:

„Ich fahre Sie.“ Keine Diskussion, keine Frage, keine Abstimmung mit seiner Kollegin. In Richtung Anke Breider sagte er ruhig: „Wir brauchen ihre Kleidung.“ Ubbo wartete geduldig ein paar Augenblicke und wiederholte leise aber bestimmt: „Wir brauchen ihre Kleidung für die Spurensicherung.“ Zu Kati gewandt sagte er: „Kommen Sie.“

Kati war so erschöpft und ausgelaugt, dass sie dankbar das Angebot annahm. Wie gut, dass nicht seine schlechtgelaunte Kollegin den Fahrdienst übernahm!

Vorsichtig stützte Ubbo sie auf ihrem Weg aus der Küche. Dabei fing Kati erneut den Blick seiner Kollegin auf und ein kühler Schauer kroch ihren Rücken hinauf. Es schien nicht so, als ob sie sich auf die Stelle als Katis beste Freundin bewerben wollte. In so kurzer Zeit jemandem derart unsympathisch zu sein, das gelang Kati auch nicht alle Tage.

Ubbo begleitete sie aus der Wohnung hinaus und chauffierte sie zum Haus ihrer Schwester Monika. Auf der Fahrt ließ Kati die Ereignisse erneut Revue passieren und kam zu dem Schluss, dass dies der furchtbarste Tag ihres Lebens war.

Leider sollte diese Einschätzung nicht lange aktuell bleiben.

Kapitel 4

Anke schaute Ubbo und der Zeugin hinterher und schäumte vor Wut. Vermutlich kamen Rauchschwaden aus ihren Ohren. Einen solchen Zorn hatte sie lange nicht mehr verspürt. Sie fasste es nicht. Seit sechs Wochen arbeitete sie acht bis zehn Stunden mit Ubbo zusammen. Fünf Tage die Woche, sechs lange Wochen, bot ihm Kaffee an, lächelte selbst an einem beschissenen Morgen bei der Begrüßung in seine Richtung und was kam als Antwort? Nichts. Nada. Kein Wort, keine Reaktion. Und jetzt bekam eine Wildfremde mehrere Sätze in Folge und seine ganze fürsorgliche Aufmerksamkeit.

Mit aufsteigender Wut dachte Anke an die Zeugin und ihr Äußeres. Ja, nett, lange blonde Haare, blauäugig, sportlich, wer es mag. Ganz das schutzlose naive Mädchen, urteilte sie verächtlich und seufzte. Sie war auch durchtrainiert und blond. Nicht sooo schlank, mehr der robustere Frauentyp mit eckigem Gesicht. Patent und selbständig statt naiv und unbeholfen. Eben keine Elfe wie diese Katerina Hülsberg.

Mit versteinerter Miene stand Anke in der Küche und ärgerte sich über das Vorgehen ihres Kollegen. Er ließ sie hier am Tatort stehen, entschied, mit Auto und Zeugin davon zu fahren. Ohne sich mit ihr abzusprechen. Er hatte sie am Ort des Verbrechens sitzengelassen! Klar fuhren mehrere Polizeifahrzeuge zurück zum Revier. Sie hatte Mitfahrgelegenheiten, wann immer sie zum Präsidium wollte. Das war aber nicht der Punkt. Eine Streife hätte die Zeugin nach Hause fahren können.

Ungläubig schüttelte Anke den Kopf. Das würde nichts mehr mit ihr und ihrem Kollegen. An Teamarbeit war nicht zu denken. Gleich nach diesem Fall würde sie einen neuen Teamkollegen anfordern oder ihre Versetzung beantragen. Für so eine Partnerschaft fehlten ihr die Nerven. Jeder hatte sein Päckchen zu tragen. Sie würde sich nicht auch noch das Päckchen von einem ihr fremden Kollegen aufhalsen. Außerdem hatte er seine Probleme selbst verursacht, sollte er sie auch selber bewältigen. Sie hatte ihm ihre Hand mehrfach entgegengestreckt und war zu einer Partnerschaft bereit gewesen. Trotz allem. Hatte niemandem von seiner Vergangenheit erzählt. Mehr konnte man von ihr nicht verlangen. Viele hätten die Zusammenarbeit mit ihm von vornherein abgelehnt. Sie hatte es immerhin versucht. Dass das Vorhaben gescheitert war, daraus konnte man ihr keinen Vorwurf machen. Sollte sich doch ein anderer mit ihm als Partner rumplagen.

Mit diesem Plan im Hinterkopf ebbte Ankes Gereiztheit ab. Sie wandte sich wieder ihrer Arbeit zu. Akribisch durchsuchte sie das Schlafzimmer und alle Kleidungsstücke noch einmal nach dem Handy des Opfers. Vergebens! Vermutlich hatte der Täter es zusammen mit dem Schmuck entwendet. Nach der erfolglosen Suche widmete sie sich der Befragung der Nachbarn.

Es war früher Nachmittag, als alle Zeugenaussagen in dem Mietshaus aufgenommen worden waren und die Spurensicherung ihre Arbeit beendet hatte. Anke ließ ihren Kopf kreisen, um die Verspannung ihrer Nackenmuskeln zu lösen, und klappte ihr Notizbuch frustriert zu. Wo waren die neugierigen Nachbarn, wenn man sie brauchte? Die, die hinter ihrem Türspion kampierten und bei jedem Geräusch zufällig die Wohnungstür aufrissen. Hier wohnten sie nicht. Niemand hatte etwas Verdächtiges gehört oder gesehen.

Anke entschloss sich, zurück ins Revier zu fahren. Dort würde sie noch schnell die Aussage des Verlobten Felix Schönfelder zu Protokoll nehmen und dann für heute Feierabend machen. Sie stopfte ihr Notizbuch in die Manteltasche und war schon auf dem Weg zu dem Streifenwagen, in dem sie mitfahren wollte, als sie laute, ungeduldige Stimmen hörte.

„Jetzt lassen Sie mich durch. Ich habe einen wichtigen Termin in diesem Haus."

Interessiert schaute Anke in die Richtung, aus der die Stimmen kamen. Sie sah einen Anzugträger mit hochrotem Kopf, der energisch mit einem Polizisten diskutierte. Der Mann wirkte aufgebracht. An seinem Hals über dem weißen Oberhemd zeichnete sich seine Halsschlagader deutlich pulsierend ab.

Hoffentlich nicht der Vater des Opfers, murmelte Anke und trat auf den grauhaarigen Mittfünfziger zu. Sie wusste, dass Julia Brink eine Mutter hier in Münster hatte, von einem Vater war keine Rede gewesen.

„Kann ich Ihnen helfen?“, mischte Anke sich in das Gespräch ein.

„Na endlich“, erwiderte der Mann unwirsch. „Ich hoffe, Sie haben hier was zu sagen“, giftete er und warf einen abfälligen Blick auf den Polizisten, der ihn an der Absperrung aufgehalten hatte. „Mein Name ist Lutz Meiman. Ich bin Immobilienmakler und habe einen Termin mit einem Kunden in diesem Haus.“

Erleichtert atmete Anke aus. „Zu wem wollen Sie denn?“

„Julia Brink, 4. Stock.“

„Das tut mir sehr leid, Herr Meiman, aber Frau Brink ist tot.“

„Was? Das kann nicht sein. Wir haben einen Termin vereinbart. Ich bin ein wenig spät, aber jetzt bin ich da. Ich habe Exposés von verschiedenen Wohnungen für Frau Brink und Herrn Schönfelder dabei“, sagte er leicht verzweifelt und wedelte mit zwei Mappen herum.

„Bitte nehmen Sie seine Personalien auf“, bat Anke den neben ihr stehenden Beamten und sagte nochmals in Richtung Lutz Meimans: „Es tut mir wirklich leid.“

Dann stieg sie in den Streifenwagen.

Kapitel 5

Kati lief suchend durch die Gänge des Polizeireviers. Sie war frisch geduscht, hatte ihre Aussage zu Protokoll gegeben und unterschrieben und hätte das Gebäude verlassen können. So hatte es ihr der Beamte vorhin erklärt, aber sie war auf der Suche nach Ubbo Dierks' Büro. Es war ihr zwar unangenehm, dennoch wollte sie fragen, ob und wann sie ihr Smartphone wiederbekommen könne. Natürlich war das eine Banalität, aber Mann, das Handy war fast neu und teuer gewesen und sie hatte keinen Ersatz. Daher hatte sie sich dazu entschlossen wenigstens zu fragen, was mit ihrem Handy passieren würde. Und mit ihrer Handtasche. Denn die hatte sie blöderweise am Tatort vergessen.

Sie straffte ihre Schultern und lief konzentriert den Gang entlang. Auf dem Weg las sie die Namensschilder an den Büros.

Ah, da war es. Vor dem Büro auf einem der drei am Boden befestigten Wartestühlen saß jemand, den Kati schon kannte. Der Drogendealer von heute Morgen.

Auch er erkannte sie. „So trifft man sich wieder. Brauchst gar nicht an die Tür klopfen, da ist noch einer drin. Auf den warte ich“, ließ er sie mit einem Lächeln wissen.

Kati stutzte. Für einen Drogendealer gar nicht so unsympathisch, dachte sie und setzte sich neben ihn.

Ihr Sitznachbar war tiefenentspannt und scheinbar in Redelaune. „Hab meine Aussage schon gemacht, warte nur auf meinen Kumpel. Als ob wir den Scheißbullen was Wichtiges sagen würden. Sollen ihren Drecksjob gefälligst selber machen. Aber alleine finden die nie im Leben den Täter. Da sind die zu blöd zu.“

Damit hatte er Katis Interesse geweckt. „Wüssten Sie denn etwas Wichtiges, das Sie der Polizei hätten mitteilen können?“

„Klar, steh ja jeden Tag stundenlang in der Straße rum. Seh dann auch, wer kommt und geht. Muss ja alles im Blick behalten, potentielle Kunden finden“, dabei grinste er Kati breit an, „und Bullen entdecken. Allerdings erkennt die jeder auf fünfzig Meter.“ Zusammenhangslos fügte er hinzu: „Mein Name ist übrigens Jan van Leyen.“

„Oh, Sie kommen aus Holland“, rief Kati entzückt.

„Aus den Niederlanden, nicht aus Holland“, erwiderte Jan genervt.

„Sie haben so einen schönen Akzent“, sagte Kati begeistert und hatte für den Moment sowohl seine ungepflegte Erscheinung als auch seine berufliche Tätigkeit vergessen. „Was haben Sie denn nun Spannendes vor dem Haus beobachtet?“

„Ach, das geht dich gar nichts an“, raunzte Jan und schien auf einmal übellaunig. „Diese Scheißbullen, mich befragen sie und behandeln mich wie den Täter, den letzten Abschaum. Aber die aufgetakelte Oma, die sich gestern im Haus aufhielt und es danach fluchtartig wieder verließ, die sieht man hier nicht. Geld muss man haben, dann lassen einen die Bullen in Ruhe."

„Wann war das denn? Und woher wissen Sie, dass die Frau zu Julia Brink wollte? In dem Haus wohnen ja noch andere Menschen."

Trotz des charmanten holländischen Akzents flößte Kati der Mann nun doch Unbehagen ein. Seine Laune änderte sich in Sekundenbruchteilen und seine jetzige Stimmung war definitiv gereizt und aggressiv. Trotzdem wollte sie unbedingt Antworten auf ihre Fragen. Vielleicht hatte Jan van Leyen etwas Wichtiges beobachtet oder er führte sie an der Nase herum, um von seinen Taten abzulenken.

„Die Alte war schon ein paarmal da. Hab sie zusammen mit der Toten gesehen. Da war die aber noch nicht tot. Die Olle fährt so einen fetten silbernen Mercedes SUV und parkt immer, wo und wie sie will. Parkverbot, Anwohnerparkplatz, für SUVs gilt das ja nicht. Und die war da am Donnerstagabend. Ich meine zumindest, dass sie aus der Wohnung kam. Sie rannte fast. Ich war auf der Windhorststraße Richtung Bahnhof unterwegs. An der Ecke Achtermannstraße sind wir beinahe zusammengestoßen. Hatten es wohl beide sehr eilig. Sie stieg in ihren fetten SUV ein. Daran kann ich mich noch genau erinnern", sagte Jan. Dabei zog er geräuschvoll die Nase hoch und schnalzte mit der Zunge, um dann den Schleim mit verzogenem Gesichtsausdruck herunterzuschlucken.

Kati konnte nur knapp ein angeekeltes Schaudern unterdrücken und starrte fasziniert auf ihr Gegenüber. Was würde ihre Mutter dazu sagen, wenn sie Jan mal zum Kaffeebesuch mitbrächte. Stefanie Hülsberg und Jan van Leyen an einem Tisch! Allein die Vorstellung reichte, um ihre Laune zu heben.

Zurück zu seinen Beobachtungen. Wer konnte diese Frau sein, die Jan gesehen hatte? Julias Mutter? Aber Julia Brink kam aus eher bescheidenen Verhältnissen. Das hatte sie ihr bei dem Telefonat, bei dem es um einen Termin für die Wohnungsbesichtigung ging, selbst erzählt. Sie und das Opfer waren ein wenig ins Plaudern geraten. Ein SUV jedenfalls passte da so gar nicht ins Bild. Felix Schönfelder, der hatte Geld. War der Besucher jemand aus seiner Familie?

Bevor Kati Jan weitere Fragen stellen konnte, öffnete sich die Bürotür und ein Typ mit strähnigem Haar und abgewetzter Jeans trat in den Flur.

„Nichts wie raus hier“, raunte er seinem Kumpanen zu.

Jan erhob sich und schlenderte zusammen mit seinem Freund in Richtung Ausgang.

Als Kati zur Bürotür schaute, stand dort Kommissarin Anke Breider und starrte sie genervt an. „Was?“

Kati riss erschrocken die Augen auf. Eine so unhöfliche Begrüßung hatte sie nicht erwartet. Die Kommissarin ließ keinen Zweifel daran, dass sie ihren Feierabend herbeisehnte. Nach Smalltalk stand ihr wohl nicht der Sinn. Abschätzig musterte die Beamtin Kati von oben bis unten. Ihrem Gesichtsausdruck zufolge fiel das Urteil nicht besonders vorteilhaft aus.

„Ich“, krächzte Kati, räusperte sich und versuchte es dann erneut, „ich suche Hauptkommissar Dierks. Können Sie mir sagen, wo ich ihn finde?“

„Der ist nicht mehr da“, erwiderte Anke knapp, drehte ihr den Rücken zu und schloss die Bürotür ab.

Kati kaute einen Moment unentschlossen auf ihrer Unterlippe herum. Die Sache mit dem Handy sollte sie jetzt besser nicht ansprechen. Die Kommissarin wirkte genervt und angespannt. Die Beobachtungen des Drogendealers hingegen, die wollte sie lieber weitergeben. Vielleicht waren sie von Bedeutung.

Anke war bereits dabei den Flur entlangzugehen, aber Kati folgte ihr hartnäckig.

„Schade, dass Herr Dierks schon weg ist“, fing sie an. „Ähm, der Zeuge gerade, also Jan van Leyen, der hat mir erzählt, dass er was Wichtiges gesehen hat.“

Anke drehte sich um und schaute ihr direkt in die Augen. Kati sah Frust und aufgestaute Wut in ihrem Blick.

Nur einen Sekundenbruchteil später schrie die Kriminalkommissarin los: „Der hat gesagt, die hat gesehen, dass einer was gehört hat. Ja, glauben Sie denn, wir sind hier im Kindergarten? In seiner Zeugenaussage hat der Zeuge Gelegenheit gehabt, alles zu erzählen. Er kann auch jetzt jederzeit seiner Aussage etwas hinzufügen. Sehen Sie ihn hier? Ich nicht. Haben Sie was Substantielles zum Fall beizutragen, eine Beobachtung oder Ähnliches, oder wollen Sie mit mir hier auf dem Flur 'ne Runde tratschen?"

Kati hatte einen feuerroten Kopf bekommen. Ihre Ohren waren heiß vor Verlegenheit und sie schaute eingeschüchtert zu Boden.

„So, nun fahren Sie nach Hause und genießen das Wochenende. Den Fall bearbeiten wir." Mit diesen Worten ließ Anke Kati stehen und marschierte davon.

„Schönes Wochenende, so eine Unverschämtheit! Der Junkie hat recht, die Polizei hat gar keine Hilfe verdient", schimpfte Kati leise vor sich hin und merkte dabei, wie sie immer zorniger wurde.

So lösen die den Fall nie. Ist aber nicht mein Problem. Erbost ging sie zum Fahrstuhl, betätigte den Knopf und wartete.

Arme Julia, dachte Kati. Sie war sogar jünger als ich, kurz vor der Hochzeit und auf Wohnungssuche – genau wie ich.

Heute Morgen schien ihr ihre eigene Situation verfahren. Die Trennung von ihrem Lebensgefährten hatte ihr zugesetzt. Sein Betrug hatte ihrem Selbstwertgefühl einen herben Schlag versetzt. Auch ihre Apartmentsuche verlief schleppend. Doch ein Vergleich mit Julia Brink warf ein anderes Licht auf ihre eigene Lage. Ihre Probleme ließen sich lösen, nicht heute, aber in nächster Zeit. Früher oder später würde sie eine neue Wohnung finden. Doch Julia hatte dazu keine Gelegenheit mehr. Sie hatte keine Zukunft. Der Gedanke daran erfüllte sie mit Dankbarkeit und

Trauer zugleich. Dass Julias Mordfall in den Händen einer schlechtgelaunten, unwilligen Kommissarin lag, war schon schade.

Ob die Aussage des Junkies wichtig war? Nachdenklich verließ Kati das Polizeipräsidium.

Kapitel 6

Kati überlegte, ob sie Elvira Schönfelder, die zukünftige Schwiegermutter der Toten, unangekündigt in ihrem Haus in Mauritz aufsuchen sollte. Felix Schönfelder, den Verlobten des Opfers, konnte sie nicht erreichen. Von ihm hatte sie nur seine Festnetznummer. Sicher wohnte er in diesen Tagen bei seinen Eltern. Kati musste ihn unbedingt sprechen.

Es ging um ihre Handtasche. Die hatte sie unglücklicherweise im Flur der Tatortwohnung stehen lassen. Sie hätte sich ohrfeigen können für diese Nachlässigkeit. In all dem Durcheinander hatte sie ihren Shopper dort einfach vergessen. Ihr Portemonnaie, ihre ganzen Papiere und ihre Schlüssel lagen in der Tasche. Bei allem Verständnis für Pietät und Trauer, ihre Handtasche brauchte sie. Basta!

Was sollte sie nur machen? Die Tatortwohnung war sicher versiegelt. Ein Verfahren wegen Siegelbruch wäre für eine Rechtsreferendarin ungünstig. Kati suchte fieberhaft nach einer Lösung.

Die Mutter des Opfers musste doch auch in die Wohnung, um für die Beerdigung Kleidungsstücke zu holen. Die wollte Kati allerdings nicht fragen, dann doch lieber den Verlobten. Sie überlegte sogar, mit der Polizei Rücksprache zu halten und deren Erlaubnis zum Betreten der Wohnung einzuholen. Sofort fiel Kati Anke Breider ein und sie rümpfte unwillkürlich die Nase. Felix Schönfelder schien ihr besser geeignet, um Kontakt mit den Ordnungshütern aufzunehmen. Er hatte sicherlich auch noch Eigentum in der Wohnung. Außerdem musste sich jemand einen Überblick verschaffen, was an Wertgegenständen fehlte. Kati war zufrieden mit ihren Überlegungen.

Sie entschied zunächst, die trauernde Familie erst am Montag zu behelligen und stattdessen den Samstag mit ihrer Schwester nebst Anhang zu verbringen. Doch dann rief ihre Mutter bei Monika an und lud sich selbst zum Mittagessen ein. Also änderte Kati spontan ihre Pläne. Sobald sie den SUV ihrer Mutter in die Auffahrt rasen sah, sprang sie auf und stürzte nach draußen. Ihre Schwester war so lieb und lieh ihr für den Tag ihren Golf.

„Hallo Mama, ich muss leider los, schön, dass wir uns wenigstens noch kurz begegnet sind", flötete Kati und schenkte ihrer Mutter ein strahlendes Lächeln.

„Wo musst du denn jetzt hin?", fragte Stefanie Hülsberg ihre Tochter pikiert.

„Ich muss kurz etwas mit Elvira Schönfelder besprechen."

„Oh!"

Kati sah die Neugierde im Blick ihrer Mutter aufblitzen. Sie war schon dabei, in den Golf ihrer Schwester einzusteigen, da fiel ihr eine wichtige Frage ein.

Aber die würde ihre Mutter ihr nicht beantworten können. Andererseits war sie immer wieder überrascht, was sie alles wusste. Einen Versuch war es wert.

„Mama, sag mal, weißt du, welches Auto Elvira Schönfelder fährt?"

„Warum willst du das denn wissen?", hakte Stefanie unwirsch nach.

Kati war sich bewusst, dass ihrer Mutter andere Fragen durch den Kopf schwirrten. Darauf ging sie nicht ein. Stattdessen zog sie gespannt die Augenbrauen hoch und wartete.

Stefanie seufzte tief und erklärte dann: „Na, so einen SUV eben, aber nicht schwarz, sondern silbergrau, so ein bisschen fad, wenn du mich fragst. Ich finde ja, mattschwarz sieht eleganter aus, und Elvira hat sich einen von Mercedes ausgesucht. Na, jeder so, wie er es mag. Ihrer ist noch sehr neu, war aber schon mehrfach in der Reparatur. Wenn das man kein Montagsauto ist."

Noch während des Monologs rief Kati: „Danke, und tschüüs."

Schon brauste sie davon. Im Nacken spürte sie förmlich den erbosten Blick ihrer Mutter, der ihr folgte.

Sie hatte an ihrem Laptop die Adresse der Schönfelders gegoogelt und in das Navigationssystem eingegeben. Nun fuhr sie entspannt durch die Stadt. In Mauritz, einem der schönsten und teuersten Stadtviertel im Kernbereich Münsters angekommen, fand

Kati schnell das Haus der Familie Schönfelder. Eine sanierte Stadtvilla auf einem großen Grundstück und das in unmittelbarer Nähe zur Innenstadt. Eine Traumimmobilie. Kati seufzte. Hier würde sie selbst in die Garage einziehen, so verzweifelt suchte sie mittlerweile eine Wohnung. So eine Stadtvilla in dieser Lage war in Münster unbezahlbar. Wenn man sich dann vorstellte, dass hier in diesem riesigen Haus auf dem großzügigen Grundstück vermutlich nur zwei Menschen lebten, während sie lediglich eine Couch hatte ... Genaugenommen hatte sie nicht mal ein Sofa, aber sie durfte wenigstens auf einem nächtigen. Besser als unter einer Brücke zu schlafen.

Der Anflug von Neid und Selbstmitleid war so schnell vorüber, wie er gekommen war, sobald Kati auf der Auffahrt einen grauen SUV entdeckte. Sie klingelte an der Tür und wartete gespannt.

Es dauerte nicht lange und eine argwöhnisch dreinblickende ältere Dame öffnete die Tür: „Ja bitte?", fragte sie höflich und sah Kati auffordernd an.

„Frau Schönfelder, Sie werden sich vermutlich nicht an mich erinnern, mein Name ist Kati Hülsberg, ich bin die Tochter von Stefanie Hülsberg. Ich weiß, dass der Zeitpunkt ungünstig ist und Ihre Familie einen Trauerfall verkraften muss. Mein herzliches Beileid auch im Namen meiner Mutter!"

„Danke", antwortete Elvira Schönfelder sichtlich irritiert. „Woher wissen Sie davon? Und natürlich kann ich mich an Sie erinnern. Aber war Ihr Name nicht Katerina und nicht Kati?"

So wie sie ihren Namen aussprach, klang er wie eine ansteckende Krankheit, schoss es Kati durch den Kopf.

„Genau", erwiderte sie lächelnd. „Es tut mir so leid. Ich habe Ihre zukünftige Schwiegertochter in ihrer Wohnung gefunden. Ich war dort mit ihr für eine Wohnungsbesichtigung verabredet. Ich hätte nach ihrem Auszug gerne ihr Apartment übernommen. Aber ..." Sie verstummte und schaute Frau Schönfelder erwartungsvoll an.

Die schwieg und schüttelte dann leicht den Kopf. „Ich verstehe immer noch nicht, worauf Sie hinaus wollen? Was kann ich für Sie tun?"

„Vielleicht könnten wir uns kurz drinnen unterhalten?"

„Wenn es unbedingt sein muss." Unwirsch bedeutete sie Kati, ihr zu folgen.

Elvira Schönfelder betrat mit ihrem Gast ihr Wohnzimmer, das über eine riesige Fensterfront mit freiem Blick auf den tadellos gepflegten Garten verfügte. Sie bot Kati weder Kaffee noch Wasser an und machte damit deutlich, dass es sich um einen kurzen Besuch handeln würde und man auf jeglichen Smalltalk verzichten sollte.

Kati empfand Unbehagen. Aber das nützt ja alles nichts, dachte sie. Sie nahm all ihren Mut zusammen und sagte: „Frau Schönfelder, ich bräuchte ganz dringend die Handynummer ihres Sohnes Felix. Ich habe nur seine Festnetznummer herausgefunden, aber unter der ist er in den nächsten Tagen wohl nicht zu erreichen. Ich muss noch einmal in die Tatortwohnung. Meine Handtasche mit all meinen Papieren und Schlüsseln ist noch dort."

Schuldbewusst sah sie Felix Mutter an und versicherte ihr: „Es ist mir sehr unangenehm, aber ich weiß nicht, an wen ich mich sonst wenden könnte. Ihr Sohn hat bestimmt einen Schlüssel und darf vermutlich nach Rücksprache mit der Polizei in die Wohnung hinein."

Mit einem leisen Schnalzen der Zunge gab Felix' Mutter deutlich ihre Missbilligung zu erkennen.

Kati wusste nicht, ob der Ärger der Tatsache geschuldet war, dass sie die Tasche in der Wohnung vergessen hatte oder sie die Familie Schönfelder in dieser Situation mit so einer Banalität behelligte. Und es war ihr in diesem Augenblick egal. Die Herablassung, die sie seitens ihrer Gastgeberin spürte, gefiel ihr gar nicht. Und damit fiel relativ spontan der Entschluss etwas anderes anzusprechen. Kati straffte ihre Schultern, setzte sich aufrecht hin und sah ihrer Gesprächspartnerin direkt in die Augen.

Frau Schönfelder zog irritiert eine Augenbraue hoch.

„Da wäre noch etwas. Es gibt einen Zeugen. Der hat Sie zur Tatzeit aus Julias Wohnung kommen sehen." Kati war sich darüber im Klaren, dass das nur eine Vermutung war. Aber das Auto, das passte. Daher stellte sie diese Behauptung auf, um zu sehen, was passierte.

Stille. Dann huschte ein Lächeln über Elvira Schönfelders Gesicht.

„Ach, ich habe ganz vergessen, Ihnen eine Tasse Kaffee und ein Stück Torte anzubieten. Warten Sie kurz. Ich hole uns schnell etwas aus der Küche", säuselte sie zuckersüß und entschwand in Richtung Flur.

Kati saß allein in dem riesigen Wohnzimmer und fragte sich, wie sie jetzt reagieren sollte. Rief Felix' Mutter womöglich die Polizei, um sie entfernen zu lassen, oder flüchtete sie gerade aus dem Haus, weil sie sich eines Mordes überführt sah? Nervös knetete Kati ihre Hände. Sie fühlte sich unbehaglich. Das imposante Anwesen, das sie vorhin so neidisch betrachtet hatte, wirkte jetzt auf sie kalt, still und unheimlich.

Die Minuten vergingen quälend langsam. Endlich kam Elvira Schönfelder mit einem vollen Tablett wieder hinein, schenkte Kati eine Tasse Kaffee ein und fragte: „Ich dachte, Sie und Ihr Verlobter hätten die Eventfirma ‚Best-life-Event' und würden am Hafen wohnen?"

Kati war irritiert. Smalltalk. Sie hatte Elvira Schönfelder beschuldigt, zur Tatzeit am Tatort gewesen zu sein. Das hier war doch bizarr. Krank.

Elvira sah Kati herausfordernd an.

Die nahm die stumme Herausforderung an und trank einen Schluck Kaffee. Sie berichtete so gelassen wie möglich von ihrer Trennung, ihrer Wohnungssuche und ihrem Referendariat, das sie erst jetzt begonnen hatte. Nach dem Jurastudium war sie in das

Geschäft ihres Lebensgefährten eingestiegen und hatte sich zunächst gegen eine Laufbahn als Volljuristin entschieden. Eine Entscheidung, die sie bereute.

„Die Eventfirma durch die Coronazeit zu manövrieren war sicher schwer. Da gab es viele Paare, die sich in dieser Zeit getrennt haben. Verlässliche Partner erkennt man oft erst in Krisenzeiten", erklärte die Hausherrin, während sie konzentriert ihren Kaffee umrührte.

Kati starrte sie mit offenem Mund an. Gab sie ihr gerade die Schuld an der Trennung? Sah sie in der wirtschaftlich schwierigen Lage der Firma den Grund für das Ende ihrer Beziehung? Wütend schnaubte sie und setzte zu einer scharfen Erwiderung an, da sah sie ein leichtes Lächeln über Elvira Schönfelders Gesicht huschen. Kati presste ihre Lippen fest aufeinander. Sie würde sich nicht provozieren lassen und die Gesprächsführung ihrer Gegnerin überlassen. Stattdessen säuselte sie: „Sie besitzen mehr Lebenserfahrung als ich. Daher kennen Sie sich mit privaten Entscheidungen aus wirtschaftlichen Erwägungen sicher besser aus."

Die Gesichtszüge von Elvira Schönfelder verhärteten sich. Dann händigte sie Kati einen Zettel mit der Handynummer ihres Sohnes aus und bot ihr eine Portion von der auf dem Tablett stehenden Torte an. „Sie nehmen doch ein Stück meiner frischen Eierlikörtorte, oder? Sie ist selbstgebacken. Ein saftiger Nussboden, und die Kirschen habe ich im Sommer selbst geerntet. So etwas schmeckt man", flötete Elvira Schönfelder.

Klar, und die Sahne stammt von der hauseigenen Kuh, die unterm Dach wohnt, dachte Kati und schenkte der Gastgeberin ein eingefrorenes Lächeln. Sie war sich nicht sicher, ob sie wegen ihrer Nervosität auch nur einen Bissen Torte herunterbekommen würde. Als sie den Kuchen betrachtete, musste sie neidlos eingestehen, dass dieser wie gemalt aussah. Der Rand war mit Schokoladenraspeln verziert. Die Tortenoberseite war kunstvoll mit Sahnehäubchen versehen, von denen jedes mit einer Kirsche gekrönt war. Und in der Mitte war ein See von Eierlikör. Ein wahrer Traum!

Einen kleinen Bissen könnte sie doch probieren. Alles andere wäre unhöflich. Sie entschied sich, dieses sonderbare Spiel, das Elvira Schönfelder mit ihr trieb, mitzuspielen. Welche Wahl hatte sie denn auch sonst? Sollte sie das Wohnzimmer fluchtartig verlassen oder ihre Gastgeberin lautstark zur Rede stellen? Sie würde sehen, wohin ein wenig Smalltalk sie führte.

„Oh ja, ein kleines Stück Eierlikörtorte wäre sehr schön. Der Kuchen sieht fabelhaft aus."

Elvira Schönfelder nahm das große Küchenmesser und zerteilte die Torte gekonnt mit ruhiger Hand.

„Und Sie meinen, Katerina, dass es klug ist, in einem Mordfall ohne Begleitung zu einer vermeintlich Verdächtigen zu fahren und sie alleine mit kruden Mutmaßungen zu konfrontieren?" Lächelnd reichte Elvira ihr ein Stück Torte. „Probieren Sie."

Kati nahm gehorsam einen Bissen in den Mund, um sich ein wenig Zeit für ihre Antwort zu verschaffen. Ihre Nackenhaare stellten sich auf und das Empfinden von Unruhe wich einem Gefühl der Furcht.

Während sie kaute, sagte Elvira: „Haben Sie denn keine Angst, dass ich Ihr Tortenstück vergiftet haben könnte? Schauen Sie, meins habe ich noch nicht angerührt. Oh, und sehen Sie nur das Messer auf dem Tablett. Ich hätte doch besser die Torte in der Küche schneiden sollen. Eine solch scharfe Klinge hat beim Kaffeetrinken nichts verloren."

Kati konnte nicht anders, als auf das Messer zu starren. Und die Torte im Mund, sollte sie die ausspucken oder herunterschlucken?

Plötzlich lachte Elvira Schönfelder auf und gönnte sich selbst ein Häppchen ihrer Eierlikörtorte.

Dieses Biest, dachte Kati. Sie hat mich absichtlich in Angst versetzt und mein Unbehagen genossen.

Wütend log sie: „Nein, vor einer Vergiftung oder einem Angriff fürchte ich mich nicht. Ob es unklug ist, Sie über die Zeugenaussage zu informieren, darüber habe ich nicht lange nachgedacht. Ich habe mir vielmehr überlegt, dass meine Mutter es zu schätzen wüsste, wenn ich ihre Bekannte von dem Zeugen in Kenntnis setzen würde. Zumal der Beobachter der Polizei bisher nichts erzählt hat."

Kati hätte sich auf die Zunge beißen können. Dass der Zeuge keine Aussage gemacht hatte, war eine Information, die sie besser für sich behalten hätte. Sollte Elvira etwas mit der Sache zu tun haben, hätte sich Kati dadurch in eine ungünstige Situation hineinmanövriert.

„Ähm, zumindest meinte meine Mutter, ich sollte Ihnen diesen Hinweis geben, damit Sie es selbst gegenüber der Polizei erwähnen können", log sie. So musste Elvira Schönfelder annehmen, ihre Mutter wüsste von der Zeugenaussage. Sie spürte, wie eine zarte Röte ihre Wangen hinaufkroch.

Hoffentlich konnte Felix' Mutter ihre Angst und Nervosität nicht sehen oder wittern. Vorsichtig hob Kati ihren Blick und sah zu ihr hinüber. Zum ersten Mal seit ihrem Besuch sah sie so etwas wie Schwäche und Resignation in den Augen ihrer Gastgeberin.

„Ich mochte Julia nicht besonders und war gegen die Heirat der beiden, aber einen Mord, nein, das hätte ich nicht in Betracht gezogen. Felix wird eine andere finden, die besser zu ihm passt. Julia war nur auf sein Geld aus, da bin ich sicher. Was mein Sohn an ihr fand, ist mir ein Rätsel. Sie war gewöhnlich. Ich wollte sie am Donnerstagnachmittag besuchen, nochmal mit ihr reden, doch sie hat kurz vor unserem Treffen abgesagt. Es sei ihr was dazwischen gekommen. Als ob. Dann ..." Gedankenverloren schaute Elvira Schönfelder durch das Fenster in ihren herbstlichen Garten.

Gespannt wartete Kati darauf, dass sie weitererzählen würde. Stattdessen stand Elvira Schönfelder entschlossen auf und sagte ohne Umschweife: „Grüßen Sie Ihre Mutter von mir. Ich sage Felix, dass er sich umgehend mit Ihnen in Verbindung setzen soll. Danke für Ihren Besuch."

Unmittelbar danach stand Kati vor ihrem Auto und ließ sich das Treffen noch einmal durch den Kopf gehen. Warum hatte Felix' Mutter das Gespräch so abrupt beendet? Und würde diese Frau einen Mord begehen, um ihren Sohn vor einer nicht standesgemäßen Ehe zu bewahren?

Kapitel 7

Kati fuhr durch die Stadt Richtung Zoo zurück. Sie steuerte ihren Wagen vom Ring auf die Waldeyer Straße und bog kurz danach in die Wohnstraße ihrer Schwester ein. Allerdings parkte sie nicht vor dem Haus, sondern fuhr zügig an der gemieteten Doppelhaushälfte vorbei, in der Monika mit ihrer Familie wohnte.

Damit hatte sie nicht gerechnet. Es war fast Kaffeezeit und ihre Mutter war immer noch da. Warum? Sie hatte doch ein eigenes Haus. Kati verspürte Empörung. Natürlich wusste sie, dass ihre Gereiztheit unbegründet war. Aber sie wollte jetzt ihre Ruhe haben und nicht wieder durch ihre Mutter verhört werden. Die Frau war anstrengend, fordernd und manchmal streitlustig. Im Vergleich zu Elvira Schönfelder wirkte sie jedoch gleich viel liebenswerter.

Der Gedanke zauberte ein Lächeln auf Katis Lippen. Felix Mutter spielte in einer anderen Liga. So etwas Unsympathisches und Arrogantes fand man selten. Dagegen war ihre Mutter mit all ihren Schwächen charakterlich eher in Richtung Mutter Teresa anzusiedeln. Laut lachend bei diesem Gedanken schüttelte Kati den Kopf.

Was nun? Ein verregneter Novembernachmittag lag ihr zu Füßen. Ein neues Handy kaufen? Oh, jetzt in die volle Innenstadt? Nein, bis Montag morgen würde sie mit dem ausrangierten Ersatzhandy von Monika auch ohne eigenes Mobiltelefon überleben. Dann lieber einen kleinen Spaziergang machen, den Kopf freibekommen. Schnell parkte sie ihr Auto am Sportpark und spazierte über die Sportanlagen in Richtung Aasee.

Kaum war sie 100 Meter gegangen, kam ihr Kriminalhauptkommissar Ubbo Dierks entgegengejoggt. Münster nannte sich mit seinen 312000 Einwohnern zwar Großstadt, aber eigentlich war es ein großes Dorf. Ständig traf man Freunde und Bekannte, mal auf dem Wochenmarkt, mal auf dem Prinzipalmarkt oder eben beim Spaziergang.

Ignorieren, kurz grüßen, die Bemerkung vom Drogendealer erwähnen? Fieberhaft überlegte Kati, wie sie reagieren sollte. Derweil blieb Ubbo keuchend stehen und lächelte sie strahlend an.

„Na, das ist ja mal eine angenehme Überraschung. Schön Sie zu sehen. Was macht Ihre Kopfverletzung?"

Die hatte Kati bei all den Ereignissen längst vergessen.

„Gut, gut."

„Sie gehen spazieren?", fragte er das Offensichtliche.

„Ja, um einem Gespräch mit meiner Mutter zu entgehen", gab Kati ehrlich zu. „Sie blockiert das Wohnzimmer meiner Schwester und das ist im Moment meine Wohnung, bis ich etwas Eigenes gefunden habe."

„Oh, Sie suchen ein Apartment? Ist das hier in Münster problematisch?"

Kati starrte ihn an, als käme er von einem anderen Stern. „Problematisch ist nicht das richtige Wort. Unmöglich trifft es eher. Sie kommen nicht von hier, nicht wahr? Das hört man gleich. Wie sind Sie denn bei Ihrer Wohnungssuche vorgegangen? Sie haben doch eine Bleibe, oder? Vermutlich außerhalb von Münster?", sprudelte es aus Kati heraus.

„Ne, ne, ich wohne recht zentral. Stubengasse, falls Ihnen das was sagt. Da gibt es oberhalb der Geschäfte Wohnungen und sogar Häuser. Und in einem dieser Gebäude habe ich ein Apartment."

Fassungslos starrte Kati ihn an. Stubengasse. Zentraler ging es nicht. Mitten in der City, über den Dächern der Stadt, vermutlich mit Dachterrasse. Wie war das möglich? So gut verdienten Kommissare doch nicht? War er ein käuflicher Cop? Misstrauisch beäugte sie Ubbo genauer.

„Wow, ich habe das Gefühl, ich bin in ein Wespennest getreten. Hätte ich das mit der Wohnung nicht erwähnen sollen?"

„Doch, doch, was Sie in meinem Gesicht lesen, ist purer Neid, gepaart mit unglaublicher Resignation."

Sie ließ die Schultern hängen und war drauf und dran ihren Spaziergang frustriert fortzusetzen.

„Oh Mann, Sie scheinen aber ganz schön fertig zu sein. Wie wäre es mit einem Kaffee? Ich lade Sie ein", schlug er ihr vor.

Kati sah Ubbo an, der triefend vor ihr stand. Einzelne Schweißtropfen perlten an seiner Schläfe hinunter, sammelten sich am Kinn und tropften zu Boden. Sie runzelte die Stirn. In der Nähe gab es kein Café, aber selbst wenn ...

„Ich könnte vorher duschen. Ich war joggen und auf dem Trimmdichpfad, da schwitzt man eben", verteidigte sich Ubbo, als ob er Katis Gedanken gelesen hätte.

Kati fühlte sich ertappt und lenkte das Gespräch schnell auf ein unverfängliches Thema. „Hier im Sportpark nennt man den Trimmdichpfad passenderweise Schweißtropfenbahn. Es ist übrigens vermutlich der älteste Trimmdichpfad Deutschlands", belehrte sie ihn und lächelte. Dann nahm sie ihren Mut zusammen und erklärte: „Ich würde gerne einen Kaffee mit Ihnen trinken. Aber wo? Hier ist kein Café und in der Stadt keins mit Dusche. Wie wäre es stattdessen mit einem Spaziergang?"

„Das klingt auch gut." Ubbo lächelte Kati an.

„Ich hätte noch ein paar Fragen, wenn es Sie nicht stört. Die wichtigste zuerst. Wie sind Sie zu Ihrer Wohnung gekommen?", fragte Kati ohne Umschweife.

Ubbo schaute sie verwundert an, gab aber bereitwillig Auskunft „Meine Tante wohnt seit Jahrzehnten hier und ist recht wohlhabend. Sie besitzt Immobilien und kennt Hinz und Kunz. Als ich erwähnte, dass ich nach Münster ziehen würde, bot sie mir die Wohnung an."

„Ihre Tante, kann ich die kennenlernen?", fragte Kati im Spaß mit einem Hauch von Verzweiflung in der Stimme.

Amüsiert schaute Ubbo sie an.

„So, zur nächsten Frage."

„Moment mal, die Fragen stelle normalerweise ich."

„Woher kommen Sie?" Für den Bruchteil einer Sekunde sah Kati, dass sich ein Schatten auf Ubbos Gesicht legte. Da war sie diesmal in ein Wespennest getreten. „Sie müssen das nicht beantworten, wenn Ihnen das unangenehm ist", versicherte sie ihm umgehend.

„Nein, nein, ist schon gut", beschwichtigte er.

Entspannt schlenderte Kati ein paar Schritte neben Ubbo und merkte, wie all ihre Sorgen für den Moment leichter wurden. Sie genoss den Augenblick. Die Sonnenstrahlen, die sich ihren Weg zwischen den Wolken hindurch erkämpft hatten, wärmten ihr Gesicht. Darüber hinaus empfand sie die Gesellschaft Ubbos als überaus angenehm. Gutgelaunt blickte sie in Richtung Aasee, als sie dort völlig unvermittelt ein kleines Grüppchen entdeckte.

„Ich komme aus Leer, einer kleinen Stadt in ...", weiter kam Ubbo nicht. Dann wurde er unterbrochen.

„Das darf doch nicht wahr sein", jammerte Kati. „Nein, nein, nein!" Sie begegnete dem erstaunten Blick Ubbos und erklärte hastig: „Laufen Sie weg, solange Sie können. Meine Mutter kommt uns entgegen. Für mich ist es zu spät." Kati sah Unsicherheit und Unentschlossenheit auf seinem Gesicht und flüsterte eindringlich: „Bitte. Ich erkläre es Ihnen später."

Irritiert kramte Ubbo in seinem Rucksack herum. Kati hätte ihn am liebsten zur Eile angetrieben.

Endlich hatte er gefunden, wonach er gesucht hatte. Er gab ihr seine Visitenkarte mit seiner Handynummer. „Auf die Erklärung bin ich gespannt." Schon joggte er winkend davon.

Keinen Augenblick zu spät, denn soeben hatte Monikas Tochter ihre Tante erkannt und wild gestikulierend alle auf sie aufmerksam gemacht. Katis Nichte Leni war ein aufgewecktes Mädchen von sieben Jahren. Sie war das Ebenbild ihrer Schwester Monika, quasi eine Miniaturausgabe. Mit ihren dunkelblonden Locken, den großen blauen Augen und den Grübchen in den Wangen sah sie aus wie ein kleiner Engel. Meistens hatte sie auch das dazu passende Benehmen. Damit war sie das Gegenteil ihres 18 Monate alten Bruders Paul, der sich zumeist alles andere als brav benahm. Sowohl äußerlich als auch charakterlich schien er mehr auf seine Tante zu kommen. Der Gedanke daran zauberte ein verschmitztes Lächeln auf Katis Gesicht.

Schon rief Stefanie Hülsberg: „Huhu Katerina, so eine Überraschung."

Katis Entspannung löste sich in Luft auf, aber sie ging dennoch tapfer der Gruppe entgegen und flüsterte: „In der Tat, was für eine Überraschung und so eine schöne noch dazu."

Kapitel 8

So ein Scheißwetter. Schimpfend strampelte Kati mit ihrem alten Fahrrad in Richtung Achtermannstraße. Münster war Fahrradstadt, aber am Wetter lag das ganz bestimmt nicht. Wie immer war der Himmel grau und ein gemächlicher Landregen tröpfelte herunter. Sie triefte vor sich hin. Natürlich besaß sie Regenkleidung, aber die hatte sie so schnell nicht finden können. Sie fuhr selten mit ihrem Rad oder, wie man hier in Münster sagte, ihrer Leeze. Heute hatte sie keine Wahl gehabt. Ihr Wagen war nach wie vor in der Werkstatt und ihre Schwester selbst mit ihrem Auto unterwegs. Daher blieb Kati nur ihr Fahrrad. Sie wünschte, ihr klapperndes Etwas wäre in einem besseren Zustand. In Münster gab es reichlich Räder; viele davon waren allerdings schrottreif. Das hing mit der großen Anzahl der Fahrraddiebstähle zusammen. Alte Räder waren vor Dieben sicher.

Mühsam radelte sie durch die Stadt Richtung Hauptbahnhof. Sie war in Julias ehemaliger Wohnung mit deren Verlobten verabredet. Felix Schönfelder hatte vor einer Stunde endlich ihren gestrigen Anruf erwidert und vorgeschlagen, sich in der Achtermannstraße zu treffen.

Mit der Aussicht auf ihre Handtasche nebst Papieren und Schlüsseln war Kati gutgelaunt in die Radfahrt gestartet. Jetzt, zehn Minuten später, war von der guten Laune nichts mehr übrig. Regentropfen sammelten sich in ihrem Nacken und liefen unter dem Pulli ihren Rücken entlang. Das Regenwasser in den Pfützen auf den Radwegen spritzte hoch und durchnässte nach und nach ihre Schuhe. Ihr war kalt, und umso näher sie der Wohnung kam, umso stärker wurde ihr Unbehagen.

Den Tatort noch einmal zu sehen war ihr unangenehm. Vor allem bereitete ihr die Begegnung mit Felix Schönfelder Kopfzerbrechen. Wie sollte sie ihm gegenüber treten? Würde er sich für sein Verhalten am Tatort entschuldigen? Am Telefon hatte er darüber kein Wort verloren. Immer langsamer fuhr Kati die Promenade entlang. Sie hatte ihr Ziel fast erreicht, als sie im Hintergrund das Glockengeläut der St.-Ludgeri-Kirche hörte. Schmunzelnd kam ihr eine Münsteraner Redensart in den Sinn: „In Münster regnet es oder es läuten die Glocken. Und wenn beides zusammentrifft, ist Sonntag“. Den Wahrheitsgehalt dieser Binsenweisheit konnte sie nur bestätigen.

An der Wohnung angekommen stellte sie schnell ihr Rad an der Hauswand ab und drückte den Klingelknopf. Im selben Moment vibrierte Katis Ersatzhandy.

„Hallo, hier ist Felix Schönfelder. Hoffentlich sind Sie noch nicht losgefahren. Unser Termin verschiebt sich. Ich rufe Sie an, sobald ich in der Wohnung bin. Das dauert vermutlich etwa eine halbe Stunde. Bis gleich." Schon hatte Felix aufgelegt.

Kati stand sprachlos im Regen. Sie atmete tief ein. So ein Arschloch. Hätte er nicht rechtzeitig absagen können? Ärgerlich überlegte sie, was sie jetzt tun sollte. Nach Hause zu fahren lohnte sich nicht. Hier stehen zu bleiben und zu warten schien ihr auch nicht verlockend. Daher stapfte sie frustriert und unschlüssig zu ihrem Fahrrad. Mit durchgefrorenen Händen versuchte sie, ihr Schloss aufzuschließen.

Aus den Augenwinkeln bemerkte sie dabei eine dunkel gekleidete Frau Anfang fünfzig auf den Hauseingang zukommen. Interessiert sah Kati hoch. Die Frau klingelte nicht, sondern blieb stehen. Sie verharrte einige Sekunden vor der Tür. Dann streichelte sie sanft über das Klingelschild von Julia Brink, straffte die Schulter und kramte einen Schlüssel hervor.

Spontan sprach Kati sie an: „Entschuldigen Sie bitte, kannten Sie Julia?"

„Ich, ich bin ihre Mutter, Karin Brink. Wieso fragen Sie?" Aufmerksam betrachtete die Frau Kati.

„Herzliches Beileid, Frau Brink. Mein Name ist Kati Hülsberg. Ich habe am Freitag Ihre Tochter gefunden."

„Oh", hauchte Karin Brink.

„Ich warte hier auf Felix Schönfelder. Der händigt mir meine Handtasche aus, die ich am Freitag hier vergessen habe."

„Oh, Felix kommt. Dann komme ich lieber später wieder", entgegnete Julias Mutter beunruhigt und drehte sich rasch um.

„Frau Brink! Warten Sie! Hätten Sie Zeit, einen Kaffee mit mir zu trinken? Gleich um die Ecke in der Windhorststraße ist ein Bäcker mit einer Sitzecke."

Fragend schaute Karin Brink Kati an.

„Wissen Sie, ich kannte Julia nicht. Am Freitag wollte ihre Tochter mir die Wohnung zeigen. Sie suchte eine Nachmieterin. Ich habe sie dann oben gefunden. Es beschäftigt mich", erklärte Kati und spielte dabei nervös mit ihrem Fahrradschlüssel. „Ich würde gerne ein wenig über Ihre Tochter erfahren."

Frau Brink holte ein Taschentuch hervor und trocknete ihre Augen. Zögernd gab sie der Bitte nach. „Ich habe aber nur wenig Zeit. Lassen Sie uns ein paar Schritte zusammen gehen."

Schon ging Karin Brink zielstrebig in Richtung Promenade und Kati schloss sich an. Schweigend trotteten sie einige Zeit nebeneinander her. Kati wollte sie nicht mit Fragen bedrängen und wartete ab. Frau Brink erinnerte sie an Julia. An die Julia auf dem Foto in ihrer Wohnung. Sie hatten dieselbe Gesichtsform, die gleichen wohlgeformten, ausgeprägten Wangenknochen, das glatte blonde Haar und das winzig kleine Grübchen im Kinn. So hätte Julia in zwanzig oder fünfundzwanzig Jahren aussehen können, kam es Kati in den Sinn.

Die beiden Frauen liefen fernab des Autoverkehrs unter den Linden der Promenade entlang. Nasses Laub lag zu ihren Füßen, braun und glitschig. Katis Zehen fühlten sich taub an in ihren Turnschuhen, deren Ursprungsfarbe einmal weiß gewesen war. Ihr lief die Nase und sie kramte in ihrer Jacke nach einem Taschentuch, als Karin Brink anfing, stockend zu erzählen.

„Meine Tochter hasste Regen. Sie liebte die Sonne."

Kati konnte es Julia nicht verdenken.

„Mit Felix war sie nach so vielen Jahren endlich wieder glücklich. Ich kann Ihnen gar nicht sagen, wie erleichtert ich darüber war."

„Aber treffen möchten Sie Felix im Moment nicht."

„Nein, nein, so ist das nicht. Es ist mir nur unangenehm, dass ich der Polizei von dem Streit zwischen ihm und Julia letzte Woche erzählt habe. Ich wollte es nicht vor den Kommissaren verschweigen. Schweigen hat so viel in meinem Leben kaputt gemacht. Ich habe daraus meine Lehren gezogen." Müde und resigniert schaute Julias Mutter Kati an. „Ich habe Angst, Felix könnte mir das übelnehmen. Was sollte ich ihm auch sagen, wenn ich ihn sehe. Ich kann niemanden trösten. Ich bin selbst nur noch eine leere Hülle."

Kati betrachtete Julias Mutter und sah die vielen kleinen Falten in dem Gesicht, das sie an ein Stück zerknittertes Pergamentpapier erinnerte. Es lag so viel Traurigkeit in diesen Gesichtszügen, dass sie betroffen wegschaute. Schweigend spazierten sie einige Augenblicke unter den Linden dahin, bis Kati ihre nächste Frage stellte. „Sie sagten, die beiden wären so glücklich gewesen. Mögen Sie von den sorglosen Zeiten erzählen oder von dem Streit vor ein paar Tagen?“

Gedankenverloren schaute Frau Brink in die Ferne und lächelte wehmütig.

„Julia hatte in ihrer Oberstufenzeit einen Freund. Den Michael Meiman. Dann gab es ein ... äh ... Problem.“ Sekunden verstrichen bevor Karin Brink weitersprach. „Auf jeden Fall trennten sich Julia und Michael. Die beiden waren sehr jung. Wie dem auch sei, meine Tochter war danach lange nicht bereit für eine neue Beziehung. Ich befürchtete schon, sie würde nie darüber hinwegkommen. Auf einmal, aus heiterem Himmel, lernte sie Felix kennen. Die beiden waren wie füreinander geschaffen. Sie teilten die gleichen Interessen und genossen die Gesellschaft des anderen. Ich war überglücklich. Dachte, alles würde gut werden.“ Julias Mutter seufzte. „Dann suchten die beiden eine Wohnung. Felix wollte sogar ihr zuliebe nach Münster ziehen. Er kümmerte sich um alles. Julia sollte ihn zu einem Termin bei einem Immobilienmakler begleiten. Es konnte ja keiner ahnen, welche Folgen das haben würde. Ich meine, es ist doch alles Jahre her.“ Karin Brink schüttelte den Kopf und starrte auf den Boden. „Der Makler, den Felix beauftragt hatte, war Michael Meiman. Felix hatte bei der Terminvereinbarung nur seinen Namen genannt und Julias Nachnamen nicht erwähnt. Julia wiederum hatte sich nicht erkundigt, welchen Makler ihr Verlobter ausgewählt hatte. Warum auch? Sie wusste, dass Michael nach der Schule Münster verlassen hatte. Dass er zurückgekommen und ins Immobiliengeschäft seines Vaters eingestiegen war, wusste sie nicht. Ach, sie ahnte ja nicht einmal, dass Meiman im Immobiliengewerbe tätig war. Wer interessiert sich schon dafür, was die Eltern der Freunde beruflich machen?" Langsam, mit gesenktem Kopf, spazierte Frau Brink weiter. „Es gibt so viele Immobilienmakler in Münster. Dass Felix Meiman & Meiman ausgewählt hat, war ein unglücklicher Zufall."

„Dann sind die beiden überraschend auf einander getroffen? Aber so schlimm ist das doch nicht - nach so vielen Jahren", fragte Kati verwundert nach.

„Michael ist aus allen Wolken gefallen, als er Julia sah. Felix hatte den Eindruck, er würde Julia immer noch lieben. Außerdem erwähnte Michael, sie habe damals die Beziehung abrupt beendet. Julia hatte aber Felix erzählt, Michael habe sie von heut auf morgen sitzen gelassen. Hergottnochmal, muss sie denn jedes Detail von damals erzählen und rechtfertigen?"

„Das hat zum Streit zwischen Felix und Julia geführt?", fragte Kati irritiert nach. „War Felix eifersüchtig? War er besitzergreifend?"

„Eifersüchtig? Eher beunruhigt. Er wollte nach dem Termin von Julia wissen, was damals zu der Trennung geführt hatte. Sie wollte nicht mit ihm darüber reden. Es gab eine hitzige Diskussion. Felix verlangte von ihr die Zusicherung, dass sie nichts, aber auch rein gar nichts für Michael empfinden würde." Julias Mutter atmete tief durch. „Julia ließ Felix daraufhin ohne eine Antwort stehen. Sie kam dann zu mir, verzweifelt und in Tränen aufgelöst, und berichtete mir von dem Treffen. Dem Wiedersehen mit Michael. Da war so viel Wehmut und Traurigkeit in ihrer Stimme. Als sie von ihm erzählte, hatten sich sechs Jahre Abstand in Luft aufgelöst. Alles war wieder da, als sei es gestern gewesen. Ich war selber überrascht und beunruhigt."

Kati hakte frustriert nach: „Aber wieso beunruhigt? Selbst wenn Julia für Michael noch irgendetwas empfunden hätte - sie hätte sich jederzeit von Felix trennen können. Die beiden waren ja nicht verheiratet."

Kopfschüttelnd blieb Karin Brink stehen. „So einfach sind die Dinge im wirklichen Leben nicht. Es war kompliziert. Alte Fehler und Entscheidungen lassen sich nicht wegradieren und man fängt nochmal von vorne an. Das verstehen Sie nicht." Julias Mutter schloss die Augen und rang um Fassung. „Ich muss jetzt weiter. Es ist noch viel zu organisieren. Die Beerdigung ist am Mittwoch." Karins Stimme klang schrill und Tränen tropften aus ihren Augen. Sie bemühte sich, Haltung zu bewahren. „Vielleicht sehen wir uns auf der Beerdigung", flüsterte sie, drehte sich um und lief zielstrebig in Richtung Parkhaus Engelenschanze.

Es fiel Regen, ein feiner Nieselregen, und in der Nähe bellte lautstark ein Hund.

Nachdenklich schaute Kati Julias Mutter hinterher. Sie hatte nach diesem Gespräch mehr Fragen als vorher. „Da fehlen doch Puzzleteile", murmelte sie vor sich hin. Während sie versuchte, ihre Gedanken zu ordnen, vibrierte ihr Handy. Felix Schönfelder war angekommen und erwartete sie in der Wohnung. Schnell lief Kati zur Achtermannstraße und drückte ein zweites Mal an diesem Tag auf Julias Klingelknopf.

Keuchend kam sie im vierten Stock an. Dort erwartete Kati ein tadellos gekleideter Felix Schönfelder. Sandfarbene Baumwollhose, braune Lederschuhe und hellblaues Oberhemd. BWLer durch und durch. Wie aus dem Bilderbuch. Er könnte alternativ als Model arbeiten. Größe, Proportionen und das Zahnpastalächeln, alles passt, dachte Kati und blickte dann an sich selbst herunter.

Durchnässt, mit alter Jeans und Sweatshirt, stand sie da. Ihr Haar klebte an ihrer Stirn, die Regentropfen liefen an ihr herab und hinterließen ihre Spuren. Dass ihre nassen Schuhe bei jedem Schritt deutlich hörbar quietschten, verbesserte die Lage nicht.

„Kommen Sie rein. Ihre Handtasche steht im Flur", begrüßte er sie distanziert.

Katis Blick fiel auf das durchtrennte amtliche Siegel an der Haustür.

Felix Schönfelder folgte ihrem Blick. Mit einem überheblichen Grinsen erklärte er ihr: „Die Polizei hat mir die Erlaubnis erteilt. Der Bestatter braucht Julias

Personalausweis und ihre Geburtsurkunde. Sie können gerne im Präsidium nachfragen."

Betreten schaute Kati nach unten. „Herr Schönfelder, ich bin Ihnen dankbar, dass ich mir meine Tasche abholen kann. Wenn die Schlüssel und Papiere nicht wirklich wichtig für mich wären, hätte ich Sie damit nicht behelligt." Kati wartete einen Moment und fügte hinzu: „Es tut mir sehr leid, dass Sie Ihre Verlobte verloren haben." Mitfühlend schaute sie ihn an.

„Meine Mutter erwähnte mir gegenüber, Sie würden sie verdächtigen. Tut Ihnen das auch leid?", fragte er verärgert.

Überrascht von der verbalen Attacke starrte Kati Felix Schönfelder einen Moment verwirrt an. Ihr schossen mehrere Gedanken gleichzeitig durch den Kopf.

Die Liebenswürdigkeit hat er von der Mutter. Eindeutig. So ein arrogantes Arschloch. Ich bekunde aufrichtig mein Mitgefühl und er kommt mir mit sowas. Statt sich zu entschuldigen, mich am Tatort gestoßen und verletzt zu haben, kritisiert er mich. Mit mir nicht. Ich bin doch nicht sein Fußabtreter, dachte Kati erbost und spürte Zorn durch ihre Adern brodeln. Sie zog ihre Augenbrauen zusammen, trat ein Schritt auf Felix Schönfelder zu und sagte herausfordernd: „Ihre Mutter habe ich liebenswerterweise auf einen Zeugen, der sie gesehen hat, aufmerksam gemacht. Und was nun die Beschuldigung angeht: Haben Sie nicht mich bei unserer letzten Begegnung beschuldigt und mich körperlich attackiert? Bei allem Verständnis für Ihre Trauer wäre wohl eine Entschuldigung bei mir angemessen! Und wenn wir schon dabei sind. Sie haben mich sofort für schuldig gehalten, sobald Sie am Tatort ankamen. Da darf ich Ihre Unschuld bestimmt auch in Zweifel ziehen, oder? Dass Sie sich nicht scheuen, handgreiflich gegenüber einer Frau zu werden, weiß ich aus eigener Erfahrung."

Wütend starrte Kati ihn an.

Felix Schönfelder brauchte einen Moment für seine Antwort. „Julia lag blutüberströmt am Boden und Sie knieten neben ihr. Was hätte ich da denken sollen? Tut mir leid, wenn Sie mein Handeln als zu emotional einstufen. Ich hätte selbstverständlich erst abwägen sollen, welche Handlung geeignet, erforderlich und angemessen gewesen wäre", erwiderte er aufgebracht.

„Eine Entschuldigung hört sich anders an. Da Sie Ihr Fehlverhalten nicht einmal erkennen, hat es auch keinen Sinn, über eine Entschuldigung zu diskutieren. Geben Sie mir meine Handtasche und ich bin weg." Verächtlich begegnete sie Felix' Blick.

„Da auf der Kommode hinter Ihnen steht Ihre Tasche."

Kati schnappte sich die Schultertasche und riss dabei zwei dünne Mappen und einen großen Briefumschlag zu Boden, die unter der Tasche lagen.

Felix seufzte resigniert.

„Tut mir leid. Das habe ich nicht mit Absicht getan." Genervt bückte sie sich. Sie erkannte, dass es sich bei den Mappen um Wohnungsexposés handelte und der Brief von einem Immobilienmakler Meiman stammte. „Hier sind Ihre Unterlagen." Kati hielt ihm das Bündel Mappen und Papiere entgegen.

„Die brauche ich nicht mehr. Das sind Wohnungsangebote. Aber das mit dem Umzug hat sich erledigt. Nehmen Sie die Infomappen. Sie suchen doch eine Wohnung. Diese werden Sie wohl nicht mehr wollen."

Hatte er das gönnerhaft gesagt? War es ernst gemein? Kati wusste es nicht. Sie schwankte, ob sie ihm die Papiere vor die Füße werfen oder sie mitnehmen sollte. Da waren bestimmt keine Wohnungsangebote für ihr Budget dabei. Aber durchblättern und kurz träumen – dagegen sprach nichts. Katis Neugier und der Wunsch, sich wenigstens Wohnungen auf dem Papier anzugucken, siegten. Sie stopfte die Unterlagen in ihre Tasche. Mittlerweile hatte sie sich wieder beruhigt und bemühte sich um einen versöhnlichen Abschied. „Sie haben recht, diese Wohnung möchte ich nicht übernehmen. Obwohl sie ideal wäre und ich verzweifelt suche. Herr Schönfelder, ich wünsche Ihnen alles Gute."

Ohne auf eine Erwiderung zu warten, verließ sie die Wohnung und kurz darauf das Gebäude. Mit ihrem Rad fuhr sie durch den Nieselregen zum Haus ihrer Schwester. Unsympathischer Kerl, dachte Kati. Ob er Julia aus Eifersucht umgebracht hatte und sein Auftreten am Tatort nur Show gewesen war? Diesem arroganten Mistkerl würde sie alles zutrauen.

Kapitel 9

Die dumpfen Kopfschmerzen waren unerträglich. Dabei hatte Anke schon zwei Aspirin geschluckt. Sie wäre am liebsten zu Hause in Havixbeck geblieben. Havixbeck war ein Ort in der Nähe von Münster. Dort lebte sie in einer Wohnung auf dem Bauernhof ihrer Eltern. Aber krank feiern, während einer Mordermittlung? Das kam nicht Frage. Genaugenommen war sie auch gar nicht krank. Sie hatte einen Kater. Gestern hatten sie den 30. Geburtstag ihres Bruders auf dem Hof gefeiert und dabei hatte Anke einen Gin Tonic zu viel getrunken.

Genervt stellte sie ihren Wagen in der Tiefgarage des Polizeipräsidiums ab und schloss zaghaft die Autotür. Behutsam machte sie sich auf den Weg zum Fahrstuhl und betrat zusammen mit einem jungen Kollegen die Fahrstuhlkabine. Überschwänglich grinste er sie an und fragte gutgelaunt und für ihre empfindlichen Ohren zu laut:

„Fahren Sie auch nach oben?"

„Nein, nach links", giftete sie ihn an. Und schon hatte Anke ihre gewünschte Ruhe.

Betroffen schaute der Kollege auf seine Schuhspitzen und schwieg.

In ihrem Büro angekommen, das sie sich mit Ubbo teilte, sank sie auf den Bürostuhl und stützte ihren Kopf auf beide Hände. Heute könnte es sich als Vorteil erweisen, dass ihr Kollege nie sprach. Sie blinzelte vorsichtig zwischen ihren Fingern zu seinem Schreibtisch hinüber, um zu sehen, ob er schon da wäre. Natürlich, Mr. Oberkorrekt kam nie zu spät. Missmutig atmete sie aus.

Ubbo zog lediglich eine Augenbraue hoch, schwieg jedoch. Keine Begrüßung, kein Kommentar, nur Schweigen. Wider Erwarten besserte die Stille Ankes Laune nicht. Unruhig hantierte sie an ihrem Computer herum und tippte geräuschvoll auf ihrer Tastatur. Ubbo schien das gar nicht wahrzunehmen. Er las ungerührt weiter in seiner Akte. Frustriert gab Anke ihr Schweigen auf und blaffte: „Irgendwelche neuen Entwicklungen im Fall?“

Völlig unbeeindruckt von ihrem schroffen Ton fasste Ubbo kurz zusammen: „Frau Schönfelder kommt gleich vorbei, mit dem Familienanwalt, wie sie sich ausdrückte. Sie möchte eine Aussage machen. Könnte interessant werden.“ Ein Lächeln huschte über Ubbos Gesicht. „Vom Diebesgut fehlt bisher jede Spur. Aber die Kollegen sind dran. Taucht ein Schmuckstück auf, werden wir sofort informiert.“ Nachdenklich strich er sich über sein Kinn und sagte: „Den Dealer, den wir als Zeugen vernommen haben, den Niederländer, den sollten wir uns mal genauer anschauen. Der ..."

In diesem Moment unterbrach Anke ihn und fragte aufgebracht: „Ich fasse es nicht, hat die Kleine dich etwa am Wochenende kontaktiert? Und was gefaselt von wegen, wichtige Beobachtung'?"

Ubbo lehnte sich in seinen Schreibtischstuhl zurück und sah seine Kollegin aufmerksam an. „Neiiin", sagte er langgedehnt, „ich weiß von nichts, aber ich bin ganz Ohr." Seine Stimme ließ keinen Zweifel daran, dass er an der Antwort sehr interessiert war.

Anke spürte seine Ungeduld. Sie sah zu ihm hinüber. Er schaute nicht bloß interessiert, er taxierte sie regelrecht. Wie ein Raubvogel seine Beute beobachtete, starrte er sie an. Er legte seine Stirn in Falten und wartete.

„Ähm, nichts weiter", versuchte Anke sich zu rechtfertigen und erzählte kurz von ihrer Begegnung mit der Zeugin Hülsberg am späten Freitagnachmittag auf dem Flur, ohne genauer auf die Details einzugehen.

„Mhm", war alles, was Ubbo dazu sagte. Er schien nicht begeistert, hüllte sich aber in Schweigen.

Das war Anke ausnahmsweise recht. „So, warum sollen wir uns den van Leyen genauer ansehen?", hakte sie nach.

„Ich hab hier seine Akte. Der hatte einige Verfahren wegen Verstoßes gegen das Betäubungsmittelgesetz. Das überrascht jetzt nicht. Vor drei Jahren wurde aber wegen einer versuchten Vergewaltigung gegen ihn ermittelt. Das Verfahren ist im Sande verlaufen. Vielleicht sollten wir mal nachforschen, was es damit auf sich hat. Ob er für einen Raub oder einen Angriff auf das Opfer in Betracht kommt."

Bevor Anke etwas erwidern konnte, klopfte es an der Tür und Elvira Schönfelder nebst Anwalt rauschten herein.

Frau Schönfelder war eine Erscheinung. Das lag nicht an ihrer Größe. Es war vielmehr ihre Haltung. Kerzengerade, mit erhobenen Kopf, kam sie ins Büro und ließ ihren Blick abfällig durch den Raum schweifen, bevor sie auf einem der bereitstehenden Stühlen Platz nahm. Ihre schwarze Handtasche legte sie auf ihren Schoß und umklammerte den Henkel. So, als ob sie klarstellen wollte, dass dies nur ein kurzer Besuch werden würde. Obwohl Elvira Schönfelder etwa Ende fünfzig sein musste, war sie eine ausgesprochen attraktive Frau. Sie hatte eine schlanke graziöse Figur und große blaue Augen. Ihre Nase war spitz und ihr Kinn ein wenig zu lang, um als klassische Hollywoodschönheit zu gelten, aber sie hatte definitiv Ausstrahlung.

Fasziniert starrte Anke sie an. Sie war selbst von der Wirkung dieser Frau überrascht. Sie blinzelte verwundert, schüttelte unmerklich den Kopf und lenkte ihre Aufmerksamkeit auf den Rechtsbeistand, der Frau Schönfelder begleitete. Dieser stellte sich als Rechtsanwalt Dr. Kuhlmann vor. Er zog eine schriftliche Erklärung seiner Mandantin aus seinem Aktenkoffer.

Dr. Kuhlmann war ein hagerer, knochiger Advokat, der das Rentenalter schon lange erreicht haben müsste. Seine tiefliegenden Augen waren trüb; aber scharfsinnig taxierten sie alles und jeden. Gepflegt saß er in einem dunkelgrauen Anzug auf dem Stuhl neben Frau Schönfelder und setzte routiniert seine Lesebrille auf. Sein Gesicht war von unzähligen Falten übersät und seine Hände so knorrig wie Baumrinde. Statt Fragen abzuwarten, schaute Dr. Kuhlmann Ubbo und Anke streng an. Dann begann er ohne Umschweife mit seiner Erklärung, die er vom Blatt ablas.

Kernaussage des Schriftstücks war, dass Elvira Schönfelder am Donnerstagabend um etwa achtzehn Uhr an Julias Wohnungstür gewesen sei. Niemand habe geöffnet und deshalb sei sie weggegangen.

Zu weiteren Angaben war Frau Schönfelder nicht bereit und so verließen sie und ihr Anwalt schon wenige Minuten später das Büro.

„Was hältst du davon?“, fragte Anke ihren Kollegen.

„Seltsamer Zufall. Der angegebene Zeitpunkt liegt innerhalb des möglichen Tatzeitfensters. Zur Tatzeit am Tatort aufzutauchen – so ein Pech aber auch. Außerdem hätte ich gerne den Grund ihres Besuchs bei Julia Brink erfahren. Wir sollten ihren Sohn nach dem Verhältnis zwischen seiner Mutter und seiner Verlobten fragen. Vielleicht ist er auskunftsfreudiger und wir finden ein Motiv.“ Nachdenklich runzelte Ubbo seine Stirn. „Allerdings hat sich Frau Schönfelder freiwillig dazu entschlossen, uns von ihrem

Besuch bei Julia zu erzählen." Er fuhr sich mit der linken Hand durch die Haare und verzog sein Gesicht.

„Fassen wir zusammen, was wir haben, und überdenken dann unser weiteres Vorgehen."

Die Aussicht auf Denkarbeit raubte Anke das letzte Quäntchen Energie. „Dann brauch ich erstmal einen Kaffee. Soll ich dir einen mitbringen?"

Ohne eine Antwort abzuwarten, erhob sie sich mühsam aus dem Schreibtischstuhl. Ihre Kopfschmerzen waren zu einem dumpfen, erträglichen Schmerz abgeebbt. Bevor sie aber den Fall und die neuen Erkenntnisse mit Ubbo durchging, brauchte sie unbedingt Kaffee, stark und schwarz.

Sie schlurfte aus ihrem Büro in die Frühstücksküche des Polizeipräsidiums. Selten war dieser Raum leer. Auch diesmal standen drei Kollegen um die Kaffeemaschine herum und unterhielten sich. Seufzend betrat Anke das Zimmer und die Unterhaltung erstarb augenblicklich.

Heinz, ein übergewichtiger Kollege in den Dreißigern, hatte sich als erster wieder gefasst. Er begrüßte Anke überschwänglich: „Hallo, na, hattest du ein tolles Wochenende?"

„Ja, erzähl doch mal", stimmte Jörg, ein großer Hüne, mit ein.

Genervt schloss Anke die Augen und wartete einen Moment. Dann starrte sie ihre Kollegen zornig an: „Wollt ihr mich verarschen? Ich komme ins Zimmer und ihr verstummt und fragt dann belangloses Zeug.

Wenn ihr etwas Geheimes besprechen oder euch über Pornos austauschen wollt, wartet gefälligst, bis ich draußen bin. Falls ihr über mich redet, sagt es mir direkt ins Gesicht. Und mein Wochenende geht euch einen Scheißdreck an." Anke drängelte sich durch die Männer und füllte zwei Kaffeebecher.

Ihr dritter Kollege, Stefan, stand mit verschränkten Armen lässig an die Wand gelehnt. Sein braunes Haar fiel ihm störrisch ins Gesicht. Er war neu in der Abteilung, doch unübersehbar schon Teil der eingeschworenen Gemeinschaft. „Na, bringst du deinem neuen Partner den Kaffee?", fragte er.

„Was dagegen?", fauchte sie ihn an.

„Von mir würde er keinen bekommen."

Daher wehte also der Wind. Anke füllte in aller Ruhe ein Tütchen Zucker und ein wenig Kondensmilch in Ubbos Kaffee. Sie rührte um und sah Stefan fest in die Augen: „Wenn du mir etwas sagen willst, dann kotz dich aus."

Stefan brauchte keine weitere Aufforderung. „Dein Partner ist ein Kameradenschwein und keiner wollte in seiner Dienststelle noch mit ihm zusammen arbeiten. Ich kenn da einen in Leer, der hat mir erzählt, warum dein Ubbo gehen musste. Vielleicht recherchierst du mal ein bisschen, damit du weißt, mit wem du da zusammenarbeitest."

„Und du meinst, Stefan, ich wäre nicht schon von selbst auf die Idee gekommen, nachzuforschen? Ich bräuchte die Hilfe von einem großen starken Kollegen, der erst seit ein paar Wochen hier in Münster arbeitet und mir die Welt erklärt?“, fragte Anke mit hochgezogenen Augenbrauen.

„Wenn du dich informiert hättest, würdest du ihm ja keinen Kaffee holen. Dann würdest du einen Antrag auf Zuweisung eines neuen Partners stellen“, erklärte Stefan aufgebracht.

„Wenn ich jedes Mal einen Antrag stellen würde, wenn ich einen Arbeitskollegen zum Kotzen finde, wär ich den ganzen Tag mit nichts anderem beschäftigt“, antwortete sie und warf ihm einen vernichtenden Blick zu.

„Mensch Anke“, mischte sich Heinz ein, „der Stefan meint es doch nur gut. Ne Ratte im Team. Du weißt selber, so was kann gefährlich werden.“

Bevor Anke etwas erwidern konnte, räusperte sich Ubbo. Er stand in der offenen Küchentür und hatte offensichtlich das Gespräch verfolgt. Statt auf das Gehörte einzugehen, fragte er höflich: „Soll ich die Becher schon mal ins Büro tragen?“

„Nicht nötig. Das schaffe ich alleine“, antwortete Anke vielsagend. Sie drehte sich abrupt um und ließ ihre Kollegen ohne ein weiteres Wort stehen.

Im Büro nahm Ubbo seinen Kaffee entgegen und stellte sich ans Fenster. Er ließ seinen Blick schweifen und sagte: „Ich hätte es selbst ansprechen sollen. Mir war klar, dass die Sache sich nicht verheimlichen lässt. Aber ...“ Ubbo zögerte. Gedankenverloren starrte er aus dem Bürofenster auf den Parkplatz des Präsidiums. Einen Moment später straffte er seine Schultern. Ein Muskel zuckte an seinem Kiefer. Es fiel ihm sichtlich schwer, weiter zu reden. „Meine Versetzung hatte einen Grund. Ich sollte es dir erklären."

„Ich habe Erkundigungen eingezogen."

„Ich vermute, dass deine Informationen nicht vollständig sind."

„Beeinträchtigt die Geschichte unsere Zusammenarbeit?", fragte Anke müde.

„Nein, nicht, was mich betrifft. Aber deine Kollegen sehen das vermutlich anders."

„Unsere Kollegen!", korrigierte sie ihn gereizt. Anke spürte, wie ihr angestauter Ärger über Ubbo die Oberhand gewann. Jetzt musste sie ihn auch noch vor den eigenen Leuten in Schutz nehmen. Dabei hatte sie selbst Bedenken.

Anke schnaubte und trank verärgert einen Schluck aus ihrem Becher. Der Kaffee war frisch aufgebrüht und stark. Kochend heiß umspülte das Getränk ihre Zunge und verbrannte ihren empfindlichen Gaumen. Am liebsten hätte sie den Becher mit dem dampfenden Gebräu an die Bürowand geschmettert. Stattdessen nahm sie Ubbo ins Visier und schimpfte los. „Unsere Zusammenarbeit läuft suboptimal. Und das ist positiv ausgedrückt. Das Problem ist nicht meine Meinung über deine Vergangenheit."

Einmal mit ihrer Schimpftirade gestartet, ließ Anke den aufgestauten Frust über ihren Kollegen nur so aus sich heraussprudeln. „Unsere Kommunikation ist unterirdisch. Ich bin kein Freund von Smalltalk, aber nur Schweigen, Ubbo, ist keine Alternative. Du sagst nichts, kein Wort, weder zur Begrüßung noch während einer Autofahrt. Es herrscht absolute Funkstille." Anke spürte es in ihrem Inneren brodeln und sah Ubbo wutentbrannt an.

Erstaunt drehte der sich um. Er runzelte seine Stirn und schien seine Gedanken zu ordnen. Kommunikationsprobleme und sein Schweigen waren ihm scheinbar nicht aufgefallen.

„Du triffst eigenmächtige, beschissene Entscheidungen ohne Rücksprache."

Verdutzt öffnete Ubbo seinen Mund und setzte zu einer Erwiderung an, doch Anke kam ihm zuvor.

„Am Freitag am Tatort zum Beispiel bist du mit der Zeugin weggefahren und ich stand da und konnte sehen, wie ich zurück ins Präsidium komme. Absprachen, Kompromisse, Reden, das sind unsere Hauptschwierigkeiten", informierte sie ihn. Bevor Ubbo sich verteidigen konnte, hob sie abwehrend ihre Hand. „Was deine Versetzung angeht, da stellt sich die Frage: Muss ich deine Version kennen und will ich es wissen?"

Jetzt sah Ubbo verwirrt aus.

Anke konnte sehen, was er dachte. Ich soll reden, aber weder über die Versetzung noch über das Wetter oder ähnliche Banalitäten.

„Willst du nicht meine Version des Vorfalls hören?", fragte er irritiert.

„Deine Version?", wiederholte Anke in scharfem Ton. „Seit wann gibt es denn verschiedene Versionen der Wahrheit?"

Ubbo zuckte zusammen. Anke sah, dass ihre Frage ihn verletzt hatte. Frustriert schnaubte sie: „So habe ich es nicht gemeint." Sie seufzte. „Ich habe genug eigene Probleme. Die Altlasten deiner ehemaligen Dienststelle interessieren mich nicht. Es sei denn, sie haben Auswirkungen auf die Teamarbeit hier. Ich versuche, mit dir zu arbeiten. Wenn es klappt, fein. Falls es nicht funktioniert, dann nicht. Schließ am besten mit deiner Vergangenheit ab und konzentrier dich auf das hier und jetzt! Auf unsere Arbeit als Team!"

Noch während sie redete, wusste Anke, dass das so nicht stimmte. Ubbos Vergangenheit war ein Problem, über das sie reden sollten. Er hatte das Recht, seine Version zu erzählen, aber dafür war sie gerade nicht in Stimmung.

„Okay", sagte Ubbo verunsichert. „Falls du deine Meinung änderst, sag es. Du hast das Recht, alle Details zu erfahren." Er trank einen Schluck aus seinem Kaffeebecher und ging zu seinem Schreibtischstuhl. Einen Moment zögerte er. „Anke, wenn du nicht mit mir arbeiten kannst oder willst, sag es mir bitte selbst, bevor ich es vom Chef erfahre."

Anke konnte den Schmerz spüren, der hinter dieser Bitte steckte. Sie schluckte. Bevor sich seine Miene wieder verschloss, sah sie eine Müdigkeit und Verzweiflung auf seinem Gesicht, die sie überraschte.

Hatte sie nicht vor drei Tagen überlegt, nach diesem Fall die Zusammenarbeit aufzukündigen? Ihre Versetzung zu beantragen oder einen neuen Teamkollegen? Anke rutschte auf ihrem Stuhl herum. Sie knibbelte an ihrem Daumennagel. Was sollte sie sagen?

„Ubbo, lass es uns zusammen versuchen. Ich verspreche dir, wenn es nicht klappt, rede ich zuerst mit dir." Ihre harsch geäußerte Kritik bedauerte sie. Das hätte man feinfühliger handhaben können, gestand sie sich ein.

Ubbo nickte ihr zu. Er zögerte kurz, dann räusperte er sich. „Ich bin kein schweigsamer Typ."

Anke lachte laut auf und bedachte ihn mit einem abfälligen Blick.

„Mir war nicht bewusst, dass ich mich distanziert und introvertiert verhalte. Das tut mir leid."

Anke verspürte ein unangenehmes Gefühl in der Magengegend. Um der immer sentimentaler werdenden Situation zu entkommen, hantierte sie mit den Akten auf ihrem Tisch herum. Sie seufzte. „So, zurück zum Fall, es gibt viel zu tun", beendete sie die Diskussion und griff nach dem Telefon. Sie versuchte, ihre niederländischen Kollegen zu erreichen. Jan van Leyen wollte sie genauer unter die Lupe nehmen.

Kapitel 10

Kati ging in Richtung Königsstraße. Sie hatte den halben Tag Gerichtsverhandlungen beigewohnt. Mittags hatte sie hastig ein neues Smartphone erstanden, ein wenig damit herumgespielt und sich dann in die Bibliothek des Juridicums gesetzt. Dort arbeitete sie an einem ihrer Gutachten, die sie während ihres Referendariats anfertigen musste. Das waren eine Art Hausaufgaben, die sie von dem für sie zuständigen Richter bekam. Im Haus ihrer Schwester Monika gab es keine Möglichkeit, konzentriert zu arbeiten. Akten waren weder sicher vor klebrigen Kinderhändchen noch vor Babybreiflecken. Sie mochte sich nicht ausmalen, was ihr Richter, Bernd Meyer, dazu sagen würde, wenn sie ihm die anvertrauten Gerichtsakten fleckig und verknickt wiedergeben würde. Daher arbeitete sie zumeist zwischen den Studierenden in der Bibliothek. Abends stopfte sie ihre Aktentasche unter die Schlafcouch in der Hoffnung, dass sie dort vor ihrem Neffen und ihrer Nichte sicher wären.

Für heute hatte sie ihr Arbeitspensum geschafft. Sie wollte nur noch kurz im Immobilienbüro Meiman & Meiman vorbeischauen und sich dort einen Termin geben lassen, bevor sie nach Hause fuhr. Nach Hause, überlegte Kati, eher zur Couch meiner Schwester. Sie verlangsamte ihr Schritttempo.

Sie hatte es nicht mehr eilig, ihren Heimweg anzutreten. Der frühe Abend zwischen 18 und 20 Uhr war Hauptkampfzeit im Haus ihrer Schwester. Dann wurden Nichte und Neffe bettfertig gemacht. Die wiederum brachten lautstark ihren Unmut darüber zum Ausdruck. Wenn Kati anwesend war, hatte sie die Wahl. Sie konnte ihrer siebenjährigen Nichte die Zähne putzen und 20 Bücher vorlesen oder ihren 18 Monate alten Neffen füttern, wickeln und in den Schlaf wiegen. Heute konnte sich Kati nicht entscheiden, was sie lieber machen wollte, und so entschloss sie sich, erst nach 20 Uhr bei ihrer Schwester aufzutauchen. Sofort meldete sich ihr schlechtes Gewissen, aber dann dachte sie an ihren Schwager. Der kam jeden Abend punkt 20 Uhr von der Arbeit heim. Früher schaffte er es nicht, morgens ging er dafür das ein oder andere Mal etwas später los. Er hatte viel zu tun, immer diese Überstunden. Donnerstags, da war es ihm möglich, der Arbeit früher zu entkommen. An diesem Tag in der Woche pflegte er mit einem Freund um 18:30 Squash zu spielen.

Der Gedanke daran verscheuchte ihr schlechtes Gewissen und beschwingt erreichte sie die Königsstraße. Sie lief am Picassomuseum vorbei in Richtung Ludgerikreisel. Am Ende der Straße auf der rechten Seite befand sich das kleine Immobilienbüro der Meimans.

Aufmerksam las sie die Immobilienangebote im Schaufenster. Dabei stellte sie fest, dass sich das Büro vor allem mit der Vermarktung von Luxuswohnungen beschäftigte. Ob sie hier ein Wohnungsangebot für sich erhoffen durfte? Kati war skeptisch. Sie war mittlerweile bereit, professionelle Hilfe in Anspruch zu nehmen und eine Maklerprovision zu zahlen. Die Wohnungsanzeigen in den Zeitungen hatten bisher genauso wenig Erfolg gebracht wie die Onlinesuche. Ob dieses Maklerbüro das Richtige für sie war? Einen Versuch war es wert, außerdem hatte sie nichts zu verlieren und wer weiß, vielleicht würde sich zufällig ein Gespräch über Julia ergeben. Sie wollte am liebsten einen Termin bei Meiman junior.

Zielstrebig betrat Kati das Maklerbüro. Sie hatte noch nicht einmal ihren Namen genannt, da rief die Sekretärin schon genervt: „Wir haben geschlossen. Kommen Sie morgen wieder."

Enttäuscht drehte sich Kati zur Tür und wollte das Büro verlassen. In diesem Augenblick kam Lutz Meiman, der Seniorchef, aus seinem Geschäftszimmer.

Kati witterte ihre Chance und nutzte die Gelegenheit. „Schade, Sie wurden mir von Felix Schönfelder empfohlen. Er hat mir sogar seine Exposés überlassen."

Unvermittelt blieb Lutz Meiman stehen und schluckte den Köder. „Felix Schönfelder? Der hat Ihnen die Exposés überlassen? Welche denn, und haben Sie Interesse an einer dieser Wohnungen?"

„Nein, nein“, wehrte Kati ehrlich ab, „die sind außerhalb meiner Preisvorstellung. Ich suche verzweifelt ein 2-Zimmer-Apartment zur Miete. Felix Schönfelder gab mir die Exposés, weil er sie nicht mehr brauchte und wusste, dass ich auf der Suche bin. Und die Wohnungen darin sind traumhaft schön, alle drei.“

Anders als erwartet war das Interesse von Lutz Meiman nicht bei der Erwähnung der 2-Zimmer-Mietwohnung erloschen. Er fragte barsch nach: „Wenn Sie die Wohnung nicht möchten, haben Sie dann wenigstens die Exposés wieder mitgebracht?“

Scheinbar hatte Lutz Meiman bis zu diesem Moment gehofft, Felix Schönfelder würde sich für eins der Objekte interessieren, und war jetzt enttäuscht, auf diese Weise zu erfahren, dass dem nicht so war.

„Nein, die habe ich nicht dabei“, gab Kati kleinlaut zu. „Aber ich kann sie in den nächsten Tagen reinreichen.“

Lutz Meiman sah seine Sekretärin an und befahl harsch: „Geben Sie ihr einen Termin am Montag.“

„Aber“, begann die Sekretärin und rückte nervös ihre übergroße Brille zurecht, „Sie sind ausgebucht.“

„Dann geben Sie ihr einen späten Termin nach Feierabend“, forderte Lutz Meiman und stapfte energisch ohne ein weiteres Wort in sein Büro.

Überrascht, aber zufrieden verließ Kati mit ihrem Termin das Büro und trat auf die Straße. Der einsetzende Nieselregen störte sie dabei ebenso wenig wie der kalte Novemberwind, der ihr eisig ins Gesicht blies. Sie fröstelte und schlenderte in Richtung Arkaden-Parkhaus. Dort stand das geliehene Auto ihrer Schwester. Auf dem Weg warf sie einen Blick in die Schaufensterauslage eines Schmuckladens, bewunderte kurz ein goldenes Armband und bummelte dann weiter.

Vor einer halben Stunde war die Straße voller Menschen gewesen; Fußgänger waren auf beiden Straßenseiten entlang gegangen. Jetzt war alles menschenleer. Viele Läden schlossen um 18:30 Uhr. Nur in der Fußgängerzone hatten die Geschäfte bis 20 Uhr geöffnet. Die Dunkelheit und das trübe Novemberwetter taten ihr übriges. Die Straßen waren wie leergefegt.

Kati überkam das unheimliche Gefühl, beobachtet zu werden. „Unsinn“, schimpfte sie und wies sich selbst zurecht, „das bilde ich mir nur ein.“ Trotzdem schaute sie im nächsten Schaufenster angestrengt, ob sie in der Fensterscheibe eine verdächtige Spiegelung erkennen könnte. „Nichts“, murmelte Kati. Sie beschloss dennoch, links in die Gasse abzubiegen und ihr zu folgen. Sie führte in einem kleinen Bogen wieder zurück auf die Königsstraße. Dann könnte sie ihren ursprünglichen Weg fortsetzen. Innerlich rief sie sich streng zur Ordnung. „Verfolgt zu werden, in Münster, um diese Uhrzeit, was für ein Quatsch.“

Im nächsten Moment hörte sie hinter sich eine umfallende Mülltonne. Hektisch drehte sie sich um, erkannte aber in der Dunkelheit nichts. „Scheiße“, flüsterte sie und machte sich große Vorwürfe. Wer rennt denn bei dem Verdacht einer Verfolgung in eine dunkle, nahezu unbeleuchtete Gasse? Komm schon, das mit der Mülltonne könnte ein Zufall sein, versuchte sie, sich einzureden. Das glaubte sie aber selbst nicht. Schnell lief sie im Regen die dunkle Altstadtgasse entlang. Hinter sich hörte sie Schritte.

Das ist weder Einbildung noch Zufall. Jemand verfolgt mich! Katis Pulsschlag erhöhte sich rasant und ihr Herz hämmerte. Sie erreichte die Ecke der Gasse und bog so scharf links ab, dass sie sich ihre Schulter an der Hausecke stieß. Für einen Moment durchzuckte ein stechender Schmerz ihre linke Seite, aber Kati lief unbeirrt weiter. Sie überquerte die Königsstraße.

Wohin jetzt? Wohin nur? Panisch überdachte sie ihre Möglichkeiten. Soll ich in die Fußgängerzone rennen und einen fremden Passanten um Hilfe bitten? Ein Restaurant suchen oder versuchen, das Auto zu erreichen? Hektisch schaute Kati sich um und entschied sich für die Parkgarage in den Arkaden. Denn just in diesem Augenblick erreichte sie den Fußgängereingang zum Parkhaus. Sie öffnete die Eingangstür und lief den schmalen Flur entlang. Die eingeschossige Tiefgarage war garantiert videoüberwacht. Hoffentlich schaute jemand auf den Monitor.

Sie hastete zu den Treppen, die nach unten führten, und suchte an den Wänden nach einem Notfallknopf. Endlich erreichte sie die Stufen und flog sie geradezu hinunter. Dabei überlegte sie fieberhaft, wo genau sie den Golf ihrer Schwester geparkt hatte. Musste sie auf dem Parkdeck gleich rechts herum oder doch links? Wo war denn nun so ein beschissener Notfallknopf?

Kati sprang die letzten Stufen der Treppe hinab. Sie landete hart. Eine Schmerzexplosion schoss durch ihren Knöchel und raubte ihr für einen Moment den Atem. Tränen traten in ihre Augen und sie hatte einen metallischen Geschmack im Mund. Sie hatte sich beim Aufprall auf die Zunge gebissen und schmeckte Blut. Ihr Fußgelenk war verletzt. Sie konnte es nicht belasten. Humpelnd bewegte sie sich weiter und biss sich auf die Lippen, um ein Stöhnen zu unterdrücken. Energisch riss sie die Tür zum Parkdeck auf und taumelte auf die dort parkenden Autos zu. Sie hatte keine Zeit, lange zu überlegen, sondern lief gebückt an einer Autoreihe entlang. Schon hörte sie, dass die Tür dieser Parkebene geöffnet wurde und geräuschvoll wieder ins Schloss fiel.

Hinter einer Säule versteckt holte Kati ihr funkelnagelneues Handy hervor. Sie wollte die Polizei rufen. Mit zittrigen Fingern entsperrte sie das Display, tippte auf das Telefonsymbol und landete auf ihrer Anrufliste. Hierbei entdeckte sie Ubbo Dierks Nummer. Ihn hatte sie heute Nachmittag vergeblich zu erreichen versucht. Ohne darüber nachzudenken, wählte sie seine Nummer anstelle des Notrufs. Dabei lauschte sie angespannt, ob sie den Verfolger hören konnte.

Hoffentlich geht er dran, hoffentlich, flehte sie innerlich. Ubbo Dierks wohnte hier in unmittelbarer Nähe und könnte in drei bis vier Minuten hier sein. Ein paar Minuten, würden die reichen? Tränen liefen über Katis Wangen. Was würde er hier finden? Eine weitere Frauenleiche? Entsetzt erinnerte sich Kati an Julia.

Plötzlich hörte sie Schritte. Sie hielt die Luft an und presste sich an die kalte Betonsäule, um mit ihr zu verschmelzen. Die Geräusche wurden leiser, nicht lauter. Sie wagte es nicht zu atmen. Der Verfolger suchte die andere Seite des Parkdecks ab. Sicher war sie sich aber nicht. Das Rauschen in ihren Ohren war so laut, dass sie seine Schritte nicht deutlich hören konnte. Ihr Leben würde sie nicht darauf wetten. Entsetzt bemerkte sie, dass sie genau das tat.

Sie konnte ein Aufschluchzen gerade noch verhindern, indem sie in ihre Faust biss, bis sie ihre Angst wieder unter Kontrolle hatte. Sie atmete tief ein.

„Ubbo Dierks" meldete sich eine Stimme aus dem Handy.

Panisch flüsternd zischte Kati: „Psst, nicht so laut!"

„Kati Hülsberg?", fragte Ubbo alarmiert.

„Ja, ich werde verfolgt. Ich bin im Arkaden-Parkhaus und verstecke mich hinter einer Säule. Was soll ich machen?", erklärte sie panisch.

„Äh ..., leg nicht auf." Einen Moment herrschte Stille. Dann hörte sie ihn tief durchatmen und lauschte seinen Anweisungen. „Ich bin unterwegs. Bleib hinter der Säule, versteck dich nicht unter einem Auto. Dort wird man leicht entdeckt. Konzentrier dich auf alle Geräusche und bleib ruhig."

Sekunden verstrichen, dann Minuten. Jeder Muskel in Katis Körper war angespannt. Sie vernahm das

Keuchen von Ubbo aus dem Lautsprecher, der scheinbar mit dem Handy in der Hand zu ihr rannte. Den Verfolger hörte sie nicht. Hatte er aufgegeben?

Nein, in dem Moment nahm sie seine Schritte wahr. Sie kamen näher, jetzt blieben sie stehen, um nur Sekunden später den Weg zu ihr fortzusetzen. Ubbo wird nicht mehr rechtzeitig kommen, wurde Kati klar. Sie biss sich auf ihre Lippen, kaum fähig, ihre Panik und ihren Fluchtinstinkt zu bezwingen. Alles in ihr wollte fliehen. Doch mit dem verletzten Knöchel wäre sie selbst für einen Greis auf Krücken eine leichte Beute. Sie kauerte hinter dem Pfeiler und lauschte angestrengt. Doch sie hörte nichts mehr. Stille!

Plötzlich wurde die Tür zum Parkdeck aufgerissen und Ubbos tiefe Stimme brüllte:

„Hier ist die Polizei." Ins Handy flüsterte er keuchend: „Wo bist du?"

Kati konnte nicht antworten. Erschöpft sackte sie an der Säule hinunter zu Boden und schluchzte vor sich hin.

Nur kurze Zeit später war Ubbo an ihrer Seite. „Schhh, alles wird gut. Es ist niemand hier auf dem Parkdeck außer uns beiden. Ich bin in sämtliche Richtungen gegangen und habe alles überprüft. Du bist in Sicherheit." Er kniete sich neben sie, verstaute seine Waffe und nahm Kati sanft in seine Arme. „Schhh", raunte er ihr ins Ohr und streichelte beruhigend über ihren Rücken.

Kati genoss seine Wärme und das Gefühl von Kraft und Geborgenheit. Dabei war Ubbo ein Fremder für sie.

„Bist du verletzt?“, fragte er besorgt.

„Mein Knöchel ist vermutlich verstaucht und mein Ego ist angekratzt“, erklärte Kati und versuchte zu lächeln.

„Ich rufe einen Krankenwagen.“

„Nein, warte, bitte nicht. Ich will nicht ins Krankenhaus. Gib mir zwei Minuten, dann bin ich wieder fit. Ruf mir einfach ein Taxi und bleib bei mir, bis es da ist.“ Zitternd holte sie Luft und bemerkte erst jetzt, dass sie sich duzten.

„Du bist nicht in der Verfassung für ein Taxi und ein Arzt wäre sinnvoll.“

„Bitte nicht“, flehte Kati. Dabei quollen heiße Tränen aus ihren Augenwinkeln und kullerten über ihre Wangen. Sie hasste sich dafür, dass sie sich wie ein Häufchen Elend an Ubbo klammerte. Sie konnte es nicht fassen. Jahrelanges Training im Fitnessstudio, Unterricht in der Kampfsportart Krav Maga und bei der allerersten Gelegenheit, das Gelernte im Straßenkampf einzusetzen, heulte sie rum und versteckte sich. Erbärmlich!

Das Gefühl der Angst und die unerwartete Situation hatten sie dominiert. Da gab es Verbesserungsbedarf. Ihr Trainer hatte damals erklärt, dass Training und Wirklichkeit nicht miteinander zu vergleichen seien. Kati hatte das bezweifelt. Jetzt wusste sie es besser. Außerdem rächte sich, dass sie ihre Sportleidenschaft vor Monaten auf Eis gelegt hatte. Dabei hatte ihr Krav Maga immer Spaß gemacht. Der Name stammte aus dem Hebräischen und bedeutete „Kontaktkampf“. Der israelische Geheimdienst nutzte diesen Selbstverteidigungssport mit Schlag- und Tritttechniken.

Kati konnte nicht fassen, dass ihr Gehirn sich mit diesen unwichtigen Details auseinandersetzte. Es wäre besser gewesen, sie hätte sich an die Verhaltensabläufe erinnert, statt an den Namen der Sportart und wer sie einsetzte. Gleichwohl entschied sie, hier und jetzt, mit verquollenem Gesicht, dass ihr so etwas wie heute nie wieder passieren würde. Und gleich morgen würde sie sich für einen neuen Kurs registrieren. Sie sah Ubbo an und versuchte, ihren Tränenfluss zu stoppen.

„Alles gut. Danke, dass du gekommen bist.“ Mühsam versuchte sie, aufzustehen, ohne den Knöchel zu sehr zu belasten.

„Schaffst du es bis zu meiner Wohnung? Sie ist ganz in der Nähe“, fragte er skeptisch.

Kati wollte widersprechen und stattdessen ein Taxi ordern.

Ubbo zog warnend seine Augenbrauen hoch. „Krankenwagen oder meine Wohnung, du hast die Wahl. Weitere Optionen stehen nicht zur Disposition.“

Fünfzehn Minuten später erreichten sie das Gebäude, in dem sich sein Apartment befand. Kati war am Ende ihrer Kräfte, als sie mit Ubbo das Haus betrat.

Die Gestalt, die sich etwas weiter rechts in einem Hauseingang versteckte und sie beobachtete, bemerkten die beiden nicht.

Kapitel 11

„Willkommen“, sagte Ubbo und öffnete die Eingangstür zu seinem Apartment.

Wohlige Wärme umfing Kati und hüllte sie ein wie eine kuschelige Decke. Sie standen im großzügig geschnittenen Wohnzimmer. Es duftete nach Spaghettisoße. Trotz Schmerzen sog sie genüsslich den Geruch ein.

Ubbo brachte Kati zur Couch. Erleichtert setzte sie sich hin. Behutsam untersuchte Ubbo ihren Knöchel. „Der ist geschwollen und blau. Hoffentlich ist der nur verstaucht“, murmelte er. „Ich hole schnell etwas zum Kühlen.“ Schon war er in der Küche verschwunden.

Kati ließ ihren Blick durch den Raum schweifen. Er war schlicht und modern eingerichtet und dennoch behaglich. Die Wohnung mit den wenigen Möbeln und geschmackvollen Einzelstücken passte zu Ubbo. Eichenholzparkett zierte den Boden und vor dem Sofa unter ihren Füßen lag ein flauschiger weißer Teppich, der dazu einlud, barfuß darüber zu laufen. Vor der Fensterfront stand ein großer rustikaler Tisch, umringt von sechs Esszimmerstühlen.

Für einen Moment schloss Kati ihre Augen und genoss das Gefühl der Sicherheit. Sie war so erschöpft und jede Bewegung löste neue Qualen aus. Es war so erholsam hier kurz ungestört zu sitzen und ...

„Auaaa!“ Kati holte keuchend Luft und setzte sich abrupt auf. Die ruckartige Bewegung erinnerte sie daran, dass sie sich an der Schulter verletzt hatte. Schützend legte sie ihre Hand auf die schmerzende Stelle und rang nach Atem.

„Was ist? Ich habe doch gesagt, ich hole etwas zum Kühlen“, fragte Ubbo. Irritiert zeigte er auf den Beutel Tiefkühlerbsen, den er gerade auf Katis geschwollenen Knöchel gelegt hatte.

Das eiskalte Tiefkühlgemüse hatte sie für ein paar Sekunden ihre Verletzung vergessen lassen und die Schmerzen stattdessen mit einem Kälteschock übertrumpft. Jetzt war ihr Gehirn wieder imstande, alle Signale zu verarbeiten, und schrie: Schmerz, nein, Kälte, nein, doch Schmerz. Gequält lehnte sich Kati zurück.

„Was ist mit deiner Schulter?“ Ohne ihre Antwort abzuwarten, schob Ubbo ihre Hand aus dem Weg, streifte ungeduldig Jacke und Bluse zur Seite und sog scharf die Luft ein.

Vorsichtig wagte Kati einen Blick. Sie sah aus, wie sie sich anfühlte. Nicht gut. Die Schulter war geschwollen und schien eine einzige Schürfwunde zu sein. Schon jetzt sah man verschiedene Farben, von einem kräftigen Rot bis zu einem dunklen Blau.

„Bitte nicht anfassen“, flehte Kati, „lass mich hier einfach kurz sitzen.“

„So etwas Bescheuertes“, knurrte Ubbo und ging hinaus.

Kati gähnte. Dabei schloss sie erschöpft ihre Augen.

Sie musste kurz eingeschlafen sein. Stimmen drangen wie durch eine Nebelwand zu ihr und weckten sie aus ihrem Dämmerzustand. Vorsichtig hob sie ihre Augenlider und sah Ubbo und einen fremden Mann. Es fiel ihr schwer, die Augen offen zu halten. „Ich wollte doch keinen Arzt“, flüsterte sie mit belegter Stimme und schloss ihre Augenlider in der Hoffnung, man würde sie in Ruhe lassen.

„Ignorieren Sie sie“, instruierte Ubbo den Mediziner.

Der Arzt schob ihre Augenlider mit seinen warmen Händen hoch und leuchtete ihr mit einer kleinen Taschenlampe in die Augen. Katis bleierne Müdigkeit hatte keine Chance. Schicksalsergeben verabschiedete sie sich von der Aussicht auf ein wenig Ruhe, blinzelte und betrachtete den Notarzt. Er lächelte ihr aufmunternd zu. Sein Gesicht erinnerte Kati an einen Labrador. Das lag mehr an seinen braunen Augen und seinem Ausdruck als an seinen Gesichtszügen selbst. Er trug die obligatorische weiße Hose, eine rotgelbe Rettungsdienstjacke und sah fast so müde aus, wie sie sich fühlte. Knöchel und Schulter wurden von ihm sorgfältig untersucht.

Dabei rutschte Kati der Ärmel ihrer Bluse hinunter und gab den Blick auf ihren Oberarm frei. Mühsam versuchte sie, das Kleidungsstück vorsichtig wieder hochzuziehen, aber Ubbos Hand umklammerte die ihre und hinderte sie daran. Er deutete auf ihren Arm und erkundigte sich rau: „Diese blauen Flecken, woher stammen die?"

Kati entging die unverhohlene Wut in seiner Stimme nicht. Sie folgte seinem Blick und bekam eine Gänsehaut. Die Hämatome dort waren bereits zu hässlichen grün-gelben Flecken geworden, die sich um ihren Oberarm rankten.

„Stammen die von Felix Schönfelder?", fragte er beharrlich nach.

Kati nickte stumm. „Ich bin zur Zeit ein wenig lädiert."

Er ließ los und trat zurück.

Der Arzt verabreichte Kati ein Schmerzmittel und stellte ein Rezept für eine Bandage und Krücken aus. Ansonsten sprach er vor allem mit Ubbo. Kati ließ den Besuch und die Untersuchung teilnahmslos über sich ergehen und war dankbar, dass es nicht nötig war, sich an der Unterhaltung mit dem Arzt zu beteiligen. Immer wieder fiel sie in einen leichten Dämmerschlaf. Dabei nahm sie das Gespräch der beiden und die Umgebungsgeräusche nur am Rande wahr.

Nachdem der Notarzt gegangen war, hörte Kati klapperndes Besteck und eine Dunstabzugshaube. Der Geruch von Kräutern und Knoblauch erfüllte den Raum und erinnerte sie daran, dass sie seit dem Frühstück nichts Richtiges mehr gegessen hatte. Langsam spürte sie, dass sie sich entspannte.

Schwungvoll öffnete Ubbo die Küchentür und trat mit einem schwer beladenen Tablett zum Sofa. Kati roch die Tomatensoße, bevor sie die Nudeln mit Knoblauchbrot und einen Salat auf dem Serviertablett entdeckte.

„Spaghetti à la Dierks", verkündete Ubbo stolz.

„Mmmh", hauchte sie und musste dabei an ein Zitat des Schauspielers Will Ferrell denken: „Ich war noch nie richtig verliebt. Aber ich stelle mir das Gefühl ähnlich vor wie das, was ich habe, wenn ich den Kellner mit meinem Essen kommen sehe." Kati nahm lächelnd ihren Teller entgegen und war dankbar, dass ihr Gegenüber keine Gedanken lesen konnte. Genüsslich verputzte sie langsam ihre Portion und lobte Ubbos Kochkünste.

Der schien sich sichtlich über das Kompliment zu freuen und strahlte sie an.

Noch ein wenig benommen von den Schmerzmitteln, aber gestärkt durch das Essen erzählte Kati Ubbo alles, was passiert war. Er versprach, den Vorfall zu untersuchen. Er würde sich die Videoaufnahmen des Parkhauses schicken lassen.

Kati gähnte verstohlen und hatte Mühe, wach zu bleiben. Die warme Mahlzeit hatte ihre Müdigkeit verstärkt. Ubbo schaute sie aufmerksam an, klappte sein Notizbuch zu und sagte: „Den Rest klären wir morgen. Wie wäre es, wenn ich dir eine Decke hole und du heute Nacht hierbleibst. Du hast die freie Wahl zwischen der Couch hier und meinem Schlafzimmer. Das räume ich gerne für dich, dann kannst du in einem richtigen Bett schlafen."

Kati nahm sein Angebot, auf der Couch zu nächtigen, dankbar an. Sobald sie ausgestreckt auf dem Sofa lag, fielen ihre Augenlider zu. Ubbo breitete eine flauschige Decke über sie aus und sie murmelte einen leisen Dank. Obwohl sie so erschöpft war wie selten zuvor, stellte sich der Schlaf nicht sofort ein. Sie grübelte darüber nach, wer sie verfolgt haben könnte. Hing es mit dem Mord an Julia zusammen? Aufgewühlt schlief Kati letztlich ein.

Etwas Schrilles drang an Katis Ohr und riss sie aus dem Schlaf. Mühsam versuchte sie, ihre Augenlider wieder zu öffnen. Dann sah sie stöhnend auf ihre Armbanduhr. Sie brauchte einige Augenblicke, um sich zu orientieren. Ubbos Couch, Schmerzen und ein nervtötendes kontinuierliches Läuten. Irgendjemand klingelte Sturm an der Haustür. Sie rieb sich die Stirn, kämpfte sich in eine sitzende Position und sah sich um. Sieben Uhr! Ubbo bekam früh Besuch und derjenige hatte eindeutig keine Manieren. Um diese Uhrzeit läutete doch niemand ohne Pause an einer Wohnungstür. Kati hörte Ubbo den Flur entlang hasten. Dann vernahm sie ein rumpelndes Geräusch, gefolgt von einem „Autsch, scheiße!"

Ausdrucksstark ließ Ubbo sie wissen, dass er sich den Fuß gestoßen hatte. Fluchend öffnete er die Türanlage mittels Knopfdruck und riss seine Wohnungstür auf. Wenig später hörte Kati eine aufgeregte

Stimme. Augenblicklich war sie hellwach und strich sich schnell über die Haare und ihr zerknittertes Oberteil. Mehr Zeit blieb ihr nicht. Wie eine Furie stürmte ihre Mutter ins Wohnzimmer. Ohne Begrüßung startete sie ihre Schimpftirade. „Bleibst über Nacht weg. Versetzt deine Schwester und mich in Sorge. Wie schaffst du das nur immer?"

„Oh, ich hätte Monika eine Nachricht schreiben müssen", sagte Kati schuldbewusst und hielt dabei ihre Bluse notdürftig mit einer Hand über ihren Brüsten zusammen. In der Nacht hatten sich wohl die Knöpfe ihres Kleidungsstücks geöffnet und klafften nun weit auseinander.

Stefanie Hülsberg nickte energisch und schaute missbilligend auf ihre Tochter herab.

„Mach dir keine Sorgen. Ich habe ihr geschrieben, was passiert ist, und dass du hier übernachtest." Mit verschränkten Armen stand Ubbo in der Wohnzimmertür, nur mit Boxershorts und einem weißen T-Shirt bekleidet. „Ich habe von deinem Handy eine Nachricht gesendet und meine Telefonnummer und Adresse für Rückfragen mitgeteilt", erklärte Ubbo ruhig und sachlich. „Du siehst, du musst dir keine Vorwürfe machen. Ich hoffe, es war dir recht, dass ich dein Handy benutzt habe?"

Kati nickte dankbar.

„Bei einem fremden Mann auf dem Sofa schlafen. Eine Verfolgung und Verletzungen, das klingt für mich nicht nach ‚Mach dir keine Sorgen'", giftete Stefanie Hülsberg und sah Ubbo zornig an.

„Wer sind Sie überhaupt?“, fragte sie ihn und musterte ihn eingehend.

Ubbo schmunzelte. „Der Retter ihrer Tochter. Sie dürfen mir danken.“ Er grinste Stefanie Hülsberg schief an, erntete dafür aber nur einen vernichtenden Blick.

Stefanie widmete sich kopfschüttelnd ihrer Tochter. Sie nahm Katis Handtasche und suchte ihre Habseligkeiten zusammen.

„Mutter“, setzte Kati an, weiter kam sie nicht.

Ubbo unterbrach sie. „Sie bleibt.“

Stefanie Hülsmanns Kopf schnellte in Ubbos Richtung. Sie starrte ihn mit offenem Mund an. „Das haben Sie nicht zu bestimmen.“ An Kati gewandt zischte sie: „Jetzt beeil dich. Wir haben gestern lange genug auf dich gewartet. Nicht nur Monika und ich, auch Jörg. Deine Schwester hatte für Jörg extra Töttchen zubereitet. Das isst er doch so gerne. Alles war vorbereitet; es hätte ein so schöner Abend werden können. Und wer ist nicht gekommen? Kannst du dir vorstellen, wie peinlich die Situation für uns war?“ Energisch schloss sie die Tasche und umfasste den Ellenbogen ihrer Tochter. „Monika holt später ihr Auto aus der Tiefgarage. Sie hat ja auch nichts Besseres zu tun als ihrer kleinen Schwester hinterherzuräumen. Mit ihrem Beruf und den zwei Kindern hat sie sonst nur Langeweile.“

Kati wäre am liebsten im Erdboden versunken. Wie konnte ihre Mutter sie vor einem Fremden so abkanzeln? Warum reagierte sie in dieser Situation nicht mit

Sorge und Mitgefühl? Peinlich berührt sah sie in Ubbos Richtung. Der schaute verblüfft ihre Mutter an und baute sich dann trotz spärlicher Bekleidung breitbeinig vor ihr auf.

„Was fällt Ihnen ein, in aller Herrgottsfrühe in meiner Wohnung so eine Szene abzuliefern?", donnerte er ihr entgegen.

Völlig überrascht blinzelte Stefanie Hülsberg ein paarmal. Dann setzte sie zu einer Erwiderung an.

Ubbo hob seine Hand und gebot ihr, zu schweigen. „Ich bin Kriminalhauptkommissar Ubbo Dierks. Ihre Tochter muss eine Aussage machen. Sie können sie begleiten, falls Sie das wünschen. Das wird ungefähr zwei bis drei Stunden dauern. In etwa einer Stunde fahren wir dafür ins Präsidium. Wenn Sie warten möchten, gerne, allerdings nicht hier in meiner Wohnung."

Ein Rausschmiss. Kati traute sich gar nicht, ihre Mutter anzusehen. Sie spürte förmlich ihre Wut. Könnte sie nicht einfach ohnmächtig werden?

Stefanie Hülsberg runzelte die Stirn und sah auf ihre Armbanduhr. Dann ließ sie Katis Tasche auf die Couch fallen wie eine heiße Kartoffel und schnaubte.

„Dann fahre ich dich eben nicht. Ich habe in einer Stunde einen Termin, den kann ich nicht verlegen." Schnippisch fügte sie hinzu: „Soll ich Monika bitten, dich auf das Präsidium zu begleiten?"

„Nein, nein", wehrte Kati ab, „ich nehme ein Taxi. Mach dir bitte keine Sorgen."

Stefanie nickte und schwieg.

Kati sah die Schläfen ihrer Mutter pulsieren. Kein Zweifel, sie kochte vor Wut.

Ebenso übereilt, wie sie hineingestürmt war, verabschiedete sich Stefanie mit einem kurzen Nicken in Richtung ihrer Tochter. Beim Hinausgehen musste sie an Ubbo vorbei, der immer noch im Weg stand und keine Anstalten zeigte, Platz zu machen. Ein stummer Blickkontakt zwischen den beiden entwickelte sich zu einem Machtkampf. Ubbo hob fragend eine Augenbraue und Stefanie Hülsberg hatte das Nachsehen.

„Würden Sie mich bitte vorbei lassen?“, fragte sie ungehalten.

„Aber sicher doch“, entgegnete Ubbo galant und trat zur Seite.

Energisch schlug Stefanie Hülsberg die Wohnungstür hinter sich zu.

Kati zuckte zusammen. Sie sah Ubbo an und bemerkte, dass er sie schweigend beobachtete. „Es tut mir unendlich leid“, stammelte sie.

„Mach dir keinen Kopf. Ich mache uns jetzt erstmal Frühstück und dabei kannst du mir vielleicht einige Fragen beantworten.“

Kurze Zeit später saß Kati frisch geduscht in einem viel zu großen weichen Bademantel, der nach blumigem Weichspüler roch, am Esszimmertisch. Auf ihrem warmen Toast zerlief die Butter und der Kaffee in ihrem Becher dampfte. Genüsslich trank sie einen Schluck. Dabei schloss sie ihre Augen, um sich auf den Geschmack zu konzentrieren.

„Mmmh, der schmeckt gut.“

„Kaffee-Vanille-Haselnuss, eine Mischung aus einer kleinen Kaffeerösterei an der Rothenburg“, erklärte Ubbo stolz.

„Was wolltest du mich fragen? Hat es mit der Verfolgung gestern zu tun?“ Kati wollte das Unvermeidliche nicht länger aufschieben.

„Dazu kommen wir später. Jetzt haben wir Wichtigeres zu besprechen. Wer ist Jörg? Und warum esst ihr abends Törtchen?“

Kati prustete los. „Töttchen, nicht Törtchen. Das ist eine westfälische Spezialität. Es ist ein Ragout. Also, ursprünglich war es ein Arme-Leute-Essen aus einem Kalbskopf und Innereien vom Rind. Herz, Lunge und so etwas.“

Angewidert schüttelte Ubbo den Kopf.

„Heute wird dafür teures Kalbfleisch verwendet und mit Zwiebeln und Essig verkocht. Schmeckt wirklich gut, aber ...“

„Aber?“

„Sieht aus wie Erbrochenes, braun und stückig, und riecht ein wenig säuerlich“, erklärte Kati grinsend.

„Falls ich mal bei euch essen sollte, nehme ich Törtchen“, entschied Ubbo.

„Ich glaube, in den nächsten Tagen solltest du nicht mit einer Einladung seitens meiner Mutter rechnen“, erklärte Kati vorsichtig.

„Ach, meinem Charme widersteht niemand lange“, erwiderte er lachend und unbeeindruckt von der verbalen Auseinandersetzung mit Stefanie Hülsberg. „Wer ist denn nun dieser Jörg?“, fragte er und sah ihr tief in die Augen.

Kati mutmaßte, dass er das Ausmaß der Wut ihrer Mutter nicht erfasst hatte, entschied sich aber, es nicht zu thematisieren. Stattdessen seufzte sie schicksalsergeben. „Jörg ist mein Ex. Meine Mutter und er haben die Hoffnung noch nicht aufgegeben, dass wir wieder zusammenkommen.“

„Gibt es da Hoffnung?“, fragte Ubbo und sah dabei angestrengt auf seinen Teller.

Kati legte ihren Kopf schief und antwortete auf diese sehr persönliche Frage: „Keine Chance! Egal wie beschissen meine Lage im Moment ist.“

Irritiert zog Ubbo die Stirn kraus.

Kati kam seiner Frage zuvor. „Ich lebe seit Wochen auf der Couch meiner Schwester. Meine Mutter könnte mir mit ihren Kontakten sofort eine Wohnung besorgen. Wird sie aber nicht. Denn sie hofft auf eine Versöhnung.“

„Warum?“

„Du weißt schon, gute Familie, gute Beziehungen.“

„Kommt dein Jörg aus einer Familie wie die Schönfelders?“

„Nein, so viel Geld ist in Jörgs Verwandtschaft nicht vorhanden. Aber seine Familie ist hier in Münster bekannt und angesehen. Meine Mutter kennt seine Mutter. Du weißt schon, wie das eben so ist.“

„Ehrlich gesagt weiß ich das nicht. Stört es dich denn nicht, dass deine Mutter hinter deinem Rücken diesen Jörg zum Essen eingeladen hat, obwohl du dich von ihm getrennt hast?“

„Doch, schon, aber meine Mutter ist, wie sie ist. Darauf habe ich keinen Einfluss.“ Frustriert legte Kati ihren Frühstücktoast beiseite. „Lass uns bitte das Thema wechseln, es ist alles kompliziert. Wenn ich erst eine Wohnung gefunden habe, kann ich mich aus ihren Fängen befreien.“ Kati schaute Ubbo an.

„Apropos Wohnungssuche. Felix Schönfelder hat mir Exposés seines Immobilienmaklers überlassen. Dort habe ich einen Termin vereinbart, am Montag um 19 Uhr“, verkündete sie triumphierend.

„Na dann sind es ja nur noch ein paar tausend Euro Kaution bis zu deiner Traumwohnung“, entgegnete Ubbo trocken.

„Spielverderber!“, maulte Kati.

Er quittierte ihre Beleidigung mit einem breiten Grinsen. „Komm, lass uns ins Präsidium fahren und deine Anzeige aufnehmen. Danach bringe ich dich zu deiner Leihcouch.“

Mühsam stand Kati auf. Sie suchte Ubbos Blick und fragte mit belegter Stimme: „Meinst du, mein Verfolger war Julias Mörder?“

Ubbo nahm Katis kalte Hand und sah sie an. Verflogen war die entspannte Atmosphäre, die beide am Frühstückstisch genossen hatten. Die Realität hatte sie eingeholt.

„Ich weiß es nicht. Aber ich verspreche dir, alles daran zu setzen, es herauszufinden.“

Kati nickte und kämpfte gegen ihre aufsteigenden Tränen. Sie hatte keinen Zweifel daran, dass er ihren Verfolger ausfindig machen würde. Aber würde er es rechtzeitig schaffen?

Kapitel 12

Kati war auf dem Weg zu Julias Beerdigung. Für eine Bestattung war sie in passender Stimmung. Sie fühlte sich furchtbar. Der bisherige Tag war eine Mischung aus Enttäuschung, Schmerz und Nieselregen und damit ein idealer Beerdigungstag. Selbst ohne Trauerfeier hätte sie auf der Stelle in Tränen ausbrechen können.

Es war keine 11 Uhr, aber sie hatte schon vier Aspirin intus und jeder Knochen in ihrem Körper schmerzte. Hinter ihr lagen eine Wohnungsbesichtigung und ein Besprechungstermin mit ihrem Richter am Landgericht.

Mit den Krücken, die sie aus einem Geschäft für Orthopädie- und Rehatechnik hatte, kam Kati nur mühsam von der Stelle. Gestern war sie auf dem Rückweg vom Sanitätshaus zur Bushaltestelle von einer alten Dame mit ihrem Rollator überholt worden.

Trotzdem hatte Kati sich heute schon früh auf den Weg gemacht. Um 9 Uhr stand eine Wohnungsbesichtigung in Coerde auf dem Plan. Nicht so zentral wie gewünscht, dafür teurer als erhofft. Katis Ansprüche waren in den letzten Wochen stark gesunken. Lage egal, Fenster und Tür waren optional, fließend Wasser ein Traum. Das waren die neuen Suchkriterien. Unter Schmerzen hatte sie sich geduscht, geschminkt und war mit dem Taxi zur Wohnungsbesichtigung gefahren. Doch niemand erwartete sie dort. Einen Anruf später kochte Kati vor Wut. Ein gutgelaunter Immobilienmakler erklärte ihr am Telefon, dass tags zuvor ein geeigneter Kandidat den Mietvertrag für die Wohnung unterschrieben habe. Er habe daraufhin alle anderen 17 Interessenten kontaktiert und den heutigen Termin abgesagt. Dabei müsse ihre Benachrichtigung untergegangen sein. Er könne ihre Daten vormerken, für den Fall, dass die Wohnung in nächster Zeit erneut zur Verfügung stünde. Schon war der Anruf beendet. Kati stand fröstelnd vor einem Mehrparteienhaus in Coerde - ohne Taxi.

Daten vormerken, vergessen, mich zu informieren. Die wollen mich verarschen, dachte Kati frustriert. Empört humpelte sie zur nächsten Kreuzung und bestellte sich erneut ein Taxi. „Das schöne Taxigeld", jammerte sie leise vor sich hin. Jetzt wartete sie niedergeschlagen darauf, dass ein zahnbelaggelbes Gefährt um die Ecke bog.

Von dem Taxifahrer ließ sie sich zum Münsteraner Landgericht chauffieren. Die Fahrtzeit brauchte sie, um ihre Wut zu zügeln. Im Gericht hatte sie einen Termin bei ihrem Ausbilder und da galt es, gelassen, freundlich und kompetent zu wirken, statt verzweifelt, überfordert und obdachlos. Fünfzehn Minuten lang versuchte sie, ihr inneres Ich zu beschwichtigen, aber das klappte nur bedingt. Immerhin gelang es ihr im Kopf, den vor ihr liegenden Termin mit Richter Meyer durchzugehen.

Während ihrer Referendariatszeit arbeitete Kati in verschiedenen Bereichen. An diese Phase würde sich nach zwei Jahren das Zweite Staatsexamen anschließen, die sogenannte Assessorprüfung. Den ersten Abschnitt in ihrem Referendariat absolvierte sie in der Zivilrechtstation. Dort war sie einem Richter am Landgericht zugeteilt. Und genau dahin brachte sie an diesem Morgen die bearbeiteten Akten zurück. Die Tasche mit den Unterlagen war schwer. Als ob das nicht schon reichen würde, war der Inhalt grenzenlos langweilig. Ein Bauprozess, der unzählige Ordner füllte. Die Akten enthielten Gutachten und Gegengutachten. Die Lesefreude bezüglich des Inhalts lag auf einer Skala von eins bis zehn bei minus fünf. Das Durcharbeiten der Papiere ließ sich in Sachen Spaßfaktor mit einer Wurzelbehandlung beim Zahnarzt vergleichen. Kati humpelte durch das Landgericht und hoffte auf einen neuen, diesmal interessanteren Arbeitsauftrag von ihrem Ausbilder. Der Weg vom Taxi bis zum Büro ihres Richters erwies sich als krückenungeeignet. Aber schließlich meisterte sie alle Unwägbarkeiten.

Sie straffte ihre Schultern und klopfte entschlossen an die Bürotür von Bernd Meyer. Richter Meyer war etwa 50 und physisch, das konnte man nicht anders sagen, nur wenig ansprechend. Gleiches galt auch für seine Persönlichkeit. Seine Lippen waren meistens zu einem harten unerbittlichen Strich zusammengezogen. Die Augen waren stechend und Lachfältchen suchte man in seinem Gesicht vergebens. Sein Büro war passend zum Charakter karg eingerichtet. Es dominierten Aktenberge auf dem Schreibtisch und auf dem Aktenbock, der daneben stand.

Kati trat unbeholfen ein.

Richter Meyer musterte sie mit strengem Blick. Er fragte weder nach den Krücken noch nach ihrem Wohlbefinden. Stumm forderte er die Herausgabe der Akten und ihrer schriftlichen Stellungnahme dazu. Er überflog ihr Gutachten und fügte ein paar Randbemerkungen hinzu. Dann übergab er ihr die überarbeitete Fassung und zeigte auf drei zerfledderte Riesenakten. „Nehmen Sie die mit und schreiben Sie ein Gutachten dazu. Es ist ein Bauprozess. Montag 11:30 Uhr treffen wir uns hier im Büro." Richter Meyer widmete sich erneut seiner Arbeit.

Der Besprechungstermin war beendet. Kati verstaute umständlich die Akten in ihrer Tasche. Dann verließ sie auf Krücken das Büro und nahm im Flur die nächste Aspirin.

Ein Blick auf die Uhr verriet ihr, dass sie es in aller Ruhe rechtzeitig zur Trauerfeier auf den Zentralfriedhof schaffen würde. Sie entschied sich, dorthin zu laufen. Für eine Taxifahrt war der Weg zu kurz. So humpelte sie die Badestraße entlang, überquerte die Promenade, lief am LBS-Gebäude vorbei und kreuzte die Himmelreichallee. Die Wegstrecke war kurz, aber für Kati beschwerlich. Zu dem Zeitpunkt, als sie die

Trauerhalle auf dem Zentralfriedhof erreichte, zitterten ihre Arme vor Anstrengung und ihr Knöchel pochte. Gerade, als sie angekommen war, begann die Glocke der Friedhofskapelle zu läuten.

Die Kapelle war ein schlichtes rotes Backsteingebäude aus den achtziger Jahren. Kati betrat die kleine Kirche und fand schnell einen Sitzplatz in den hinteren Reihen. Darüber war sie erstaunt. Die Kapelle war gut gefüllt, aber bei einem so jungen Menschen, der plötzlich verstarb, hatte sie eine größere Menschenmenge erwartet. Dankbar, dass sie einen Sitzplatz hatte, genoss sie einen kurzen Moment der Stille.

Dann trat der Priester an den Altar und alle Köpfe senkten sich zum Gebet. Kati schaute währenddessen auf den Sarg. Es war ein schlichter geschlossener Eichensarg, auf dem ein riesiges Blumengesteck lag. Daneben stand auf einer Staffelei ein großes Foto von Julia, auf dem sie glücklich und voller Lebensfreude in die Kamera lächelte.

Die Trauerpredigt bezog sich auf Prediger 3 – „Alles hat seine Zeit". Der Text kam Kati von anderen Beerdigungen bekannt vor. Der Gottesdienst endete mit einem kläglich gesungenen „Von guten Mächten wunderbar geborgen". Nach dem Trauergottesdienst war hier und dort ein Schluchzen zu hören.

Der Sarg wurde aus der Kapelle getragen und die Trauergemeinde folgte ihm über den Friedhof zur Grabstelle. Aufmerksam studierte Kati die Gesichter der Trauernden. Sie versuchte zu ergründen, in welcher Verbindung sie zu Julia standen. Sobald die Zeremonie endete und sich die Beerdigungsgesellschaft zerstreute, trafen ihre Augen den strengen Blick Ubbos. Sie zuckte ertappt zusammen.

Es dauerte nur wenige Augenblicke und er war an ihrer Seite. „Du solltest nicht hier sein. Man sieht dir deine Schmerzen an", tadelte er sanft.

Die Wärme und Fürsorge in seiner Stimme berührten Kati tief. Verlegen senkte sie ihren Kopf, um seinem besorgten Blick auszuweichen. Sie räusperte sich. „Ich war in der Nähe. Am Beerdigungskaffee nehme ich auch teil. Ich brauche einen Abschluss in dieser Geschichte. Vielleicht hilft mir die Beerdigung, das Kapitel zu schließen", versuchte sie ihm ihre Anwesenheit zu erklären. Kati lächelte Ubbo an, aber es war ein melancholisches Lächeln und zeigte, wie sehr ihr die letzten Tage zugesetzt hatten.

Verständnisvoll sah Ubbo sie an. „Na, komm, dann lass uns zum Café humpeln. Es heißt ‚Zum Himmelreich'. Wie passend", resümierte er trocken. „Ein Kaffee wird dir guttun."

Im „Himmelreich" angekommen trennten sich ihre Wege. Ubbo wurde von seiner Kollegin Anke erwartet, die sie mürrisch begrüßte und ihr dann demonstrativ den Rücken zuwandte.

Kati ergatterte einen Sitzplatz an einem Zehnertisch. Die Tischnachbarn hielt sie für Julias Freunde. Sie erhoffte sich, hier ein wenig mehr über das Opfer zu erfahren. Tatsächlich entpuppten sich die meisten an ihrem Tisch als Arbeitskollegen oder ehemalige Schulkameraden. Direkt neben ihr saß Nicole, die mit

Julia zusammengearbeitet hatte und darüber hinaus mit ihr zur Schule gegangen war.

Nicole hatte lange dunkle Haare. Ihre großen grüngrauen Augen waren umrahmt von dichten schwarzen Wimpern. Sie erwies sich als überaus gesprächig. Kati war sich nicht sicher, ob geschwätzig nicht das treffendere Wort für sie war. Ihr konnte es nur recht sein, denn schließlich freute sie sich über jede Information.

„Ich war überrascht, dass nicht mehr Menschen zur Beerdigung gekommen sind“, sagte Kati und ermunterte ihre Gesprächspartnerin, Stellung zu beziehen.

„Julia lebte jahrelang wie ein Eremit. Erst seit sie mit Felix zusammen war, änderte sich das wieder“, erklärte Nicole bereitwillig.

„Wieder? Das klingt, als ob es einmal anders gewesen wäre“, fragte Kati neugierig.

„Sicher, Julia war früher lebenslustig, voller Energie, immer unter Menschen. Ach, was hatten wir damals für einen Spaß. Sie und ich waren in unserer Oberstufenzeit gut befreundet. Zusammen mit Michael Meiman und ein paar anderen waren wir auf jeder Party. War eine herrliche Zeit. Wenn ich nur daran denke. Da fallen mir Geschichten ein.“ Wehmütig starrte Nicole in ihre Kaffeetasse.

„Warum haben sich Michael Meiman und Julia getrennt? Gab es einen Grund?“

„Das haben wir uns alle damals gefragt.“ Verschwörerisch beugte sich Nicole zu Kati hinüber. „Die beiden waren das perfekte Paar. So glücklich.

Fast schon widerlich. Beide waren so sympathisch, dass alle ihnen das Glück gegönnt haben. Nie haben die sich gestritten. Sie hatten so viele Gemeinsamkeiten und sogar Zukunftspläne. Wir in unserer Stufe waren uns sicher, dass sie die Ersten wären, die heiraten und Kinder haben würden. Und dann haben sie sich getrennt, von heute auf morgen. Knall auf Fall."

„Weißt du, wer Schluss gemacht hat und wann das war?", hakte Kati nach und wartete gespannt auf eine Antwort.

Nicole strich sich eine Strähne ihres Haars hinters Ohr, überlegte kurz und erwiderte: „Das weiß ich ganz genau. Julia hat damals den Schlussstrich gezogen, ohne ersichtlichen Grund, wenn du mich fragst. Zumindest kenne ich keinen und Michael war damals fassungslos. Völlig neben der Spur. Er war auf einer Urlaubsreise gewesen. Ein Segeltörn mit einer befreundeten Familie, wenn ich mich recht erinnere. Er kam wieder und an dem Abend waren wir auf einer Party bei Freddy. Das war ein gemeinsamer Freund, ein Schulfreund. Der lebt jetzt in der Nähe von München, verheiratet mit zwei Kindern. Kann man sich gar nicht vorstellen. Der Freddy! Der ist übrigens auch hier auf der Beerdigung. Hält sich seit ein bis zwei Wochen in Münster auf. Besucht seine Eltern, hab ich gehört. Auf jeden Fall, auf dieser Party haben Julia und Michael gelacht, getanzt. Von dem Abend gibt es sogar Fotos, auf denen sie sich küssen. Freddy hat sie allerdings auch geküsst."

Bei der Erinnerung daran legte Nicole ihren Kopf in den Nacken und lachte laut mit offenem Mund. Nachdem das Lachen verhallt war, wurde sie wieder ernst und erzählte: „Zwei Tage später gab Julia Michael am Telefon den Laufpass. Das muss man sich mal vorstellen. Das ist so, als wenn heute einer per WhatsApp Schluss macht." Sie schwieg, trank einen Schluck Kaffee und fuhr dann kopfschüttelnd fort. „Das war damals in den Osterferien. Unterricht hatten wir nach den Ferien nicht mehr. Unsere Clique war in der Abiturvorbereitung. Michael war wie vor den Kopf geschlagen, Julia wie ausgewechselt. Sie kam zu keiner Party, ließ sich am Telefon verleugnen. Selbst auf der Abifeier war sie nicht dabei." Nicole schüttelte ungläubig den Kopf. „Und dann, im letzten Jahr, kam eine neue Kollegin in unsere Abteilung. Julia Brink! Ich arbeite bei einer Versicherung, musst du wissen. Zurückhaltend war sie, schüchtern, anders als früher, aber sympathisch. Dachte ich zumindest." Nicole seufzte und schwieg.

„Was ist denn passiert?", fragte Kati.

Julias Schulfreundin aus vergangenen Tagen ließ sich nicht lange bitten. Sie stellte schwungvoll ihre Kaffeetasse auf die Untertasse. „Ich machte den Fehler und lud sie zu meiner Geburtstagsfeier ein." Sie verdrehte die Augen und erklärte: „Zu der Feier war auch Felix eingeladen. Der Felix Schönfelder, der Verlobte von Julia. Ihn hatte ich auf einer Party kennengelernt. Ich fand ihn unglaublich charmant und war an ihm interessiert. Das wusste auch jeder. Ich hatte tagelang im Büro von Felix geschwärmt und von seinem Vermögen erzählt. Ich dumme Kuh!"

„Und?", fragte Kati verwirrt nach.

„Julia sah Felix auf meiner Geburtstagsparty, fackelte nicht lange und schnappte ihn sich. Man soll nichts Schlechtes über die Toten sagen, ich weiß. Aber so war es eben. Punkt." Nicole presste ihre Lippen aufeinander und rang um Fassung.

„Meinst du, Julia war auf sein Vermögen aus?"

Nicole zuckte mit den Schultern und schien abgelenkt. Etwas anderes hatte ihre Aufmerksamkeit geweckt.

Kati folgte ihrem Blick.

Felix Schönfelder verließ den Saal. Er ging einem großen blonden Mann mit sportlicher Figur hinterher. Einem Surfertyp im Anzug. Fragend zog Kati ihre Stirn kraus und sah ihre Gesprächspartnerin an.

„Das sind Felix und Michael Meiman."

Nach dieser Erklärung widmete sich Nicole der nächsten Tasse Kaffee, einem Stück Kuchen und schwatzte aufgeregt mit ihrer linken Tischnachbarin.

Kati überlegte kurz, was sie tun sollte, und entschloss sich, Felix zu folgen. Mühevoll bahnte sie sich ihren Weg durch das Café nach draußen. Dort standen ein paar Raucher direkt am Eingang. Sie ging an Krücken an ihnen vorbei in Richtung Aasee. Sobald sie um die Ecke des Hauses gebogen war, hörte sie hitzige Stimmen. Sie humpelte weiter und spähte kurz um die nächste Hausecke. Auf der leeren Terrasse des Restaurants standen Felix und Michael. Felix schien zornig und aufgebracht. „Habt ihr euch heimlich verabredet? Du und Julia?“

„Was heißt hier heimlich. Wir haben uns letzte Woche getroffen. In einem Restaurant, wenn du es genau wissen willst.“

„Was wolltest du von ihr?“

Frustriert strich Michael sich durch sein Haar. „Mir stand noch eine Erklärung zu.“

„Wovon redest du?“, fragte Felix gepresst.

Kati lehnte sich an die Hauswand und lauschte gespannt.

„Unsere Trennung damals. Sie hat mir nie einen Grund dafür genannt. Ich fand, mir stand ein klärendes Gespräch mit Julia zu“, erklärte Michael beherrscht.

„Hast du sie zu diesem Treffen gezwungen, du Schwein?“, brauste Felix auf.

„Komm mal runter!“, wies Michael sein Gegenüber scharf zurecht. „Nicht ich habe Julia angerufen. Womit hätte ich sie denn zwingen sollen? Sie schlug ein Treffen vor. Bei der Verabredung stellte sich heraus, dass sie gar nicht über unsere Vergangenheit reden wollte.“

„Sondern?“, fiel Felix ihm ins Wort.

Mit mühsam beherrschter Stimme fuhr Michael fort: „Sie fragte mich, ob ich sie in den Tagen zuvor verfolgt hätte.“

„Verfolgt?“, wiederholte Felix verwirrt.

„Ich habe sie nicht beschattet“, stellte Michel umgehend klar. „Ob sie überhaupt gestalkt wurde, weiß ich nicht. Sie wirkte ängstlich auf mich, nervös. Ich war mir nicht sicher, ob sie sich das Ganze nur eingebildet hat. Hat sie dir denn nichts davon erzählt?“

„Wolltet ihr euch wiedersehen? Hat sie dich noch geliebt?“, bohrte Felix mit zusammengebissenen Zähnen nach.

Mit angehaltenem Atem stand Kati an die Wand gepresst. Sie spürte den rauen Klinkerstein an ihren Schultern und wie die Kälte der Mauer ihre dünne schwarze Bluse durchdrang. Ihr lief eine Gänsehaut über den Rücken. Das war keine Reaktion auf den nasskalten Stein, sondern auf die Wut in Felix Stimme. Die erschreckte sie und ließ sie frösteln.

„Mensch, Junge, Julia ist tot. Sie wurde verfolgt. Und du willst wissen, ob sie mich noch liebte. Sie hat mich vor Jahren sitzengelassen. So sehr hat sie mich geliebt! Du müsstest doch fragen, wer sie verfolgt hat, oder warst du das selber? Ein arroganter, selbstverliebter Arsch, der überprüft, ob seine Verlobte ihm treu ist?“, schrie ihm Michael entgegen. „Ich fass es nicht, dass sie so etwas wie dich mir vorgezogen hat. Ich habe sie geliebt.“ Er spie diese Worte förmlich aus. „Du hast ein Zusammentreffen verhindert. Hast bei meinem Vater angerufen und ihn als Makler verpflichtet. Dachtest du, ein weiteres Treffen mit mir hätte deine Hochzeit zum Platzen gebracht?“, brüllte Michael aufgebracht.

Statt einer Antwort taumelte Felix ohne ein weiteres Wort wie ein geschlagener Hund in Richtung Aasee davon.

Kati hatte genug gehört. Verstört und voller Fragen lief sie mit ihren Krücken in das Café zurück. Auf keinen Fall wollte sie von Michael Meiman beim Lauschen entdeckt werden. Ihr schwirrte der Kopf von dem Gehörten. Die Emotionen, die Wut in dem Gespräch, aber auch die neuen Informationen beschäftigten sie. Sie wollte nach Hause, um über alles nachzudenken. Schnell betrat Kati das Café, raffte ihre Sachen zusammen und verließ die Beerdigungsfeier in Richtung Taxistand. Sie hatte nicht das Gefühl, als ob das Kapitel Julia durch die Beerdigung einen Abschluss gefunden hätte. Die Puzzleteile, die sie hatte, fügten sich in ihrem Kopf nicht zu einem Bild zusammen. Es schien, als ob wichtige Teile fehlten. Mit den restlichen Informationen ließ sich nichts anfangen.

Erschöpft stieg sie am Straßenrand in ein herbeigerufenes Taxi ein und fuhr zu ihrer Schwester.

„Irgendetwas übersehe ich", murmelte Kati und ging ein weiteres Mal im Kopf den Kreis ihrer Verdächtigen durch.

Kapitel 13

Schweigend fuhren Ubbo und Anke nach der Beerdigungsfeier ins Polizeipräsidium und parkten in der Tiefgarage. Als Ubbo aussteigen wollte, hielt Anke ihn zurück. Sie legte eine Hand auf seinen Arm und suchte nach den passenden Worten.

„Warte kurz", bat sie und strich sich eine Strähne hinters Ohr, die sich aus ihrem Pferdeschwanz gelöst hatte. Ubbo lehnte sich auf dem Beifahrersitz zurück und sah seine Kollegin fragend an.

„Ich habe nachgedacht."

Amüsiert hob Ubbo seine Augenbraue.

„Über unser Gespräch gestern und deine Vergangenheit."

Ubbo ließ den Kopf gegen die Nackenstütze sinken und schloss die Augen.

Ankes Finger umklammerten das Lenkrad des geparkten Wagens, so dass ihre Fingerknöchel weiß hervortraten. Sie atmete tief den Geruch von Leder ein, der in ihrem neuen Dienstwagen dominierte, und wartete. „Es war falsch von mir, dass ich deine Version der Geschichte nicht hören wollte. Tut mir leid", flüsterte sie angespannt. „Es ist wichtig, dass wir uns aufeinander verlassen können, und deine Vergangenheit schafft nicht gerade Vertrauen. Ich dachte, es spielt keine Rolle, aber so ist es nicht. Es geht mir nicht aus dem Kopf.“ Anke schwieg bedrückt. Sie machte eine kurze Pause und fuhr dann angespannt fort. „Du hast deinen Teamkollegen, mit dem du jahrelang zusammengearbeitet hast, bei deinem Vorgesetzten angeschwärzt. Das hat zur Freilassung eines Inhaftierten geführt und einen Mord ermöglicht. Kannst du mir das erklären?“ Anke fühlte, wie Frustration, Ohnmacht und Wut sich in ihr ausbreiteten.

Ein Muskel zuckte in Ubbos Kiefer. Er zögerte einen Moment. Dann stieß er einen abgrundtiefen Seufzer aus und fing resigniert an zu erzählen. „Es stimmt, was du in der Akte gelesen hast. Es ist wahr. Alles!“

Anke starrte ihn wortlos an.

Ausdruckslos fuhr Ubbo fort. „Wir hatten in Ostfriesland einen mutmaßlichen Serienvergewaltiger. Es fing mit einer Vergewaltigung an, bei der das Opfer nur ungenaue Aussagen zum Täter machen konnte. Kurze Zeit später folgte eine Tat mit einem identischen Tathergang. Das Opfer war eine junge Frau, die Furchtbares durchlitten hatte. Diesmal konnte die Zeugin präzise Angaben zu Protokoll geben. Sie war glaubwürdig, ihre Aussage glaubhaft. Wir, mein Kollege Gert und ich, hatten sorgfältige Ermittlungsarbeit geleistet und einen dringend Tatverdächtigen verhaftet. Ein übler Typ. Was er den Frauen angetan hat, du kannst es dir nicht vorstellen. Krank, einfach krank."

Ubbo brach ab und blickte zu Anke hinüber. Der Ausdruck von Verzweiflung und Schmerz in seinen Augen ging ihr durch Mark und Bein. „Es schien eine wasserdichte Sache zu sein". Frustriert massierte Ubbo sich die Stirn. Er atmete tief ein. „Das Opfer war eine wunderschöne junge Frau. Ende zwanzig, sportlich, durchtrainiert. Sie war erst kurz vorher nach Leer gezogen und unterrichtete an einem Gymnasium Englisch und Geschichte."

Es schien Anke, als ob ihr Kollege in die Vergangenheit hinabgetaucht war. Er sah durch sie hindurch und nahm sie nicht mehr wahr. Wie in Trance berichtete Ubbo stockend weiter: „Sie beging Selbstmord. Eine Überdosis Schlafmittel. Nur vier Wochen nach ihrer Vergewaltigung. Es war furchtbar. Der Anblick ihrer Leiche und die weinenden Eltern, das sind Bilder, die werden mich bis ans Ende meines Lebens begleiten." Resigniert machte Ubbo eine Pause. Er starrte unsicher auf seine Hände und fuhr schließlich fort: „Unser Prozess, der stand auf wackeligen Beinen. Genaugenommen hatten wir nur die Zeugenaussage. Alle anderen Indizien sahen schwach aus. Das hätte vor Gericht vermutlich nicht gereicht." Ubbo verstummte.

Das Schweigen zog sich in die Länge. Anke hatte begierig jedes Wort aufgesaugt. Sie wollte gerade eine Frage stellen, als Ubbo weiterredete.

„Der Gert war ein toller Kollege. Erfahren, beliebt. In drei Jahren wollte er in den Ruhestand gehen. Er war so einer von der gemütlichen Sorte, bisschen übergewichtig, für ein Stück Torte immer zu haben. Immer ausgeglichen und bestens gelaunt. Einer von der guten Sorte." Ein wehmütiges Lächeln huschte über Ubbos Gesicht. „Wir waren befreundet", seufzte er. Es schien, als wäre er aus seiner Erstarrung erwacht. Er fixierte Anke mit seinem Blick.

„Plötzlich tauchte ein Zeuge auf, der den Verdächtigen in der Tatnacht in der Nähe des Tatorts gesehen und Schreie gehört haben wollte. Der Zeitpunkt der Zeugenaussage war mehr als suspekt." Kopfschüttelnd zuckte Ubbo mit den Schultern. „Gert hat geglaubt, alle würden sein Handeln gutheißen. Er hatte sich mit keinem von uns abgesprochen." Wütend ballte Ubbo seine Hände.

„War die Zeugenaussage gefakt?", fragte Anke leise.

„Jeder in der Abteilung ahnte, dass der Zeuge nicht die Wahrheit sagte. Gert dachte scheinbar, alle wären bereit wegzuschauen. Ich konnte das nicht." Ubbo ballte seine Fäuste so heftig, dass sich seine Fingernägel tief in seine Haut gruben. „Der Zeuge wusste Dinge, die er nicht aus der Zeitung haben konnte. Ich recherchierte. Es war kein großer Aufwand nötig. Der Zeuge und Gert waren Schulkameraden."

Anke runzelte die Stirn.

„Warum war der Zeuge bereit, eine Falschaussage zu machen?"

„Es gab einen Vorfall mit seiner Tochter, der es erklären könnte. Aber nichts davon ist aktenkundig. Es ist daher nur Spekulation. Da gab es vor Jahren eine Anzeige gegen einen Verdächtigen wegen der Belästigung seines damals 13-jährigen Kindes. Das Verfahren wurde eingestellt. Der Vater gab dem System die Schuld. Ich denke, er war bereit, so ziemlich alles zu tun, um einen Sexualstraftäter hinter Gitter zu bringen. Auf jeden Fall redete ich mit Gert. Die Zeugenaussage sollte zurückgezogen werden. Dann würde ich die Sache auf sich beruhen lassen. Er stellte auf stur und ich ihm ein Ultimatum." Ubbo zog seine Stirn in Falten und sagte resigniert: „Alle in der Abteilung wollten die Verurteilung. Mensch, ich wollte sie auch. Aber doch nicht so." Verzweifelt schaute Ubbo seine Kollegin an.

Anke schwieg mit zusammengepressten Lippen und wartete auf den Rest der Geschichte.

„Gert ließ das Ultimatum verstreichen. Die Sache nahm ihren Lauf. Vierundzwanzig Stunden später informierte ich den Chef. Der las meinen Bericht und hüllte sich minutenlang in Schweigen. Als er mich ansah, standen Verachtung und Ekel in seinem Gesicht. Nicht für den Vergewaltiger oder meinen Kollegen, sondern für mich! Ich war das Kameradenschwein. Einer, der Kollegen anschwärzt und deren Suspendierung verursacht."

Ubbo legte seine Hände in den Schoß und fuhr bekümmert fort: „Die Presse bekam Wind davon. Der Tatverdächtige wurde aus der U-Haft entlassen. Die

Arbeitsatmosphäre auf dem Revier war ...", stockte er und hielt für einen Moment die Luft an. Er zögerte, als ob er überlegen würde, was er erzählen sollte. „Gert ging in den Vorruhestand. Die Stimmung in der Abteilung war nicht gut. Ich hoffte, dass es mit der Zeit besser werden würde. Vier Wochen später passierte etwas, das meine Hoffnungen zunichtemachte."

Ubbo seufzte. Anke sah, dass es ihm zunehmend schwerfiel, Haltung zu bewahren. Sie musste die ganze Geschichte kennen und ersparte es ihrem Kollegen deshalb nicht, sich seinen Erinnerungen zu stellen.

„Vier Wochen, nachdem der mutmaßliche Täter auf freiem Fuß war, schlug der Vergewaltiger erneut zu. Wieder in Leer, gleiches Schema, diesmal hinterließ er keine Zeugin. Das Opfer, Mitte zwanzig, sportlich, gleicher Typ. Das Schwein hatte sich Zeit gelassen mit der Ermordung."

Stur starrte Ubbo durch die Windschutzscheibe auf die graue Betonwand der Parknische und fuhr mit monotoner Stimme fort: „Unser Tatverdächtiger wurde verhaftet und verurteilt, und ich auch. Ich stand nicht vor Gericht, aber das Urteil meiner Abteilung lautete schuldig. Schuldig am Mord dieser jungen Frau. Hätte ich meinen Kollegen unterstützt oder zumindest nicht angeschwärzt, hätte der Mord verhindert werden können."

„Ubbo", setzte Anke an.

„Nein, lass", unterbrach Ubbo sie und hob abwehrend seinen Arm. „Sag nichts. Du hattest recht mit dem, was du gestern gesagt hast. Die Wahrheit hat nie mehrere Versionen. Das sind die Fakten."

„Nein!", widersprach Anke heftig. „Da fehlten in den Akten, die ich gelesen habe, einige wichtige Details. Du hast dem Kollegen ein Ultimatum gestellt. Das wurde in den Berichten nicht erwähnt."

Ubbo nickte betrübt.

„Tja, dieses Detail hätte mich meinen Job gekostet. Deshalb hat Gert es nicht angesprochen."

„Jetzt glorifiziere ihn nicht. Wir sind Polizisten, nicht Richter und Henker in einer Person", ereiferte sich Anke und redete sich in Rage. „Ich hätte gerne so manchen hinter Gittern, aber Selbstjustiz oder fingierte Zeugenaussagen, das geht zu weit. Das gilt auch für die Kollegen in Ostfriesland." Sie sah ein kleines wehmütiges Lächeln auf Ubbos Gesicht, als sie ihn so entschieden verteidigte.

„Es war eine emotionale Sache. Die hat sich verselbständigt."

Verständnislos sah Anke ihn an und zuckte fragend mit den Schultern.

Ubbo massierte sich seine Schläfe und sagte matt: „Die Situation am Arbeitsplatz normalisierte sich nicht. Keiner redete mit mir oder wollte mit mir zusammenarbeiten. Als es Auswirkungen auf meine Familie hatte, zog ich die Notbremse. Ich beantragte meine Versetzung. Und hier bin ich." Er lächelte seine Kollegin an.

Anke sah ihm an, dass er nicht gewillt war, weitere Details über seine Arbeitskollegen oder die privaten

Folgen preiszugeben. Sie verzichtete darauf, nachzuhaken und überlegte, was sie sagen sollte.

Glücklicherweise vibrierte in diesem Augenblick ihr Handy. Sie nahm das Gespräch an und ein breites Lächeln breitet sich in ihrem Gesicht aus. „Na sowas, wer hätte das gedacht. Da werden wir nachfragen. Ich danke dir.“ Sie sah Ubbo an und grinste. „Es gibt Neuigkeiten von unseren niederländischen Kollegen.“

Kapitel 14

Die Luft roch nach feuchter, modriger Erde. Es hatte in der Nacht aufgehört zu regnen. Jetzt, am Vormittag, hingen Nebelschwaden in der Luft. Die am Himmel stehende Sonne hatte sich dem Dunst ergeben.

Kati saß auf einer feuchten Holzbank, deren graue Farbe abblätterte. Ihre Krücken hatte sie an die Seite gelehnt. Sie sah zu den Grabsteinen auf dem Friedhof hinüber, die im Nebel nur schemenhaft zu erkennen waren.

Wie in einem Gruselfilm, dachte sie. Es fehlte nur noch der Schrei einer Eule. Im selben Moment hörte sie das Gurren einer Taube und schrak zusammen. „Das fängt ja gut an“, schimpfte Kati vor sich hin. Der Ort gefiel ihr nicht. Obwohl dieser Friedhof alles hatte, was man von seiner letzten Ruhestätte erwarten konnte. Friedlich, still, zentrale Lage, tolle Aussicht. Die beiden letzten Punkte bedeuteten den Angehörigen vermutlich mehr als den Betroffenen, sinnierte sie.

Kati wartete und beobachtete. Sie hoffte, dass Julias Mutter am Tag nach der Beerdigung das Grab ihrer

Tochter besuchen würde. Dafür war sie früh am Morgen hierher gekommen und bereit, weitere Stunden auszuharren. Es gab zu viele Fragen und sie wollte Antworten. Sie kuschelte sich in ihren wattierten Wintermantel hinein.

Letztes Jahr hatte sie ihn erstanden. Zunächst stand sie ihm skeptisch gegenüber. Er hatte Ähnlichkeit mit einem olivfarbenen abgeschnittenen Schlafsack, aber er war kuschelig warm. Sie lächelte bei dem Gedanken, vorbeilaufende Passanten könnten sie aus der Ferne für eine Obdachlose in einer Penntüte halten. Nur ihre Füße waren nicht herbsttauglich verpackt. Der verstauchte Knöchel ließ nur eine eingeschränkte Schuhauswahl zu. Sie hatte sich für einen leichten, bequemen Übergangsschuh entschieden. Hübsch, aber schon jetzt spürte sie, wie die Feuchtigkeit sich einen Weg durch das dünne Leder bahnte und sich an ihren Zehen sammelte. Ihr Blick schweifte umher und blieb an einer Frau hängen, die näherkam. „Bingo“, murmelte sie.

Karin Brink ging mit gesenktem Kopf in Richtung Grab und kam dabei an Kati vorbei. Überrascht, bei diesem Wetter jemanden auf dem Friedhof zu begegnen, schaute sie hoch. Erstaunt riss sie die Augen auf.

„Frau Hülsberg, was machen Sie denn hier?“, fragte sie überrascht.

„Ich hatte gehofft, Sie hier anzutreffen.“

Karin Brink umklammerte das Blumensträußchen in ihrer Hand. Sie sah kurz auf die rosafarbenen Rosen und blickte dann Kati an.

„Ich wäre lieber allein“, flüsterte sie und zog ein Taschentuch aus ihrer beigefarbenen Manteltasche. Damit tupfte sie sich ihre Tränen ab.

„Ich werde Sie nicht lange stören“, versprach Kati, die nicht bereit war, sich abwimmeln zu lassen. „Sie sehen meine Krücken hier.“

„Ja“, antwortete Julias Mutter verständnislos.

„Vor ein paar Tagen wurde ich verfolgt. Gestern habe ich auf der Beerdigung erfahren, dass sich Ihre Tochter in den Tagen vor ihrem Tod auch beobachtet gefühlt hat.“

Karin Brink erblasste und sank neben Kati auf die Bank. „Sie meinen, da gibt es einen Zusammenhang?“, hauchte sie und knetete das Taschentuch in ihrer Hand.

„Ich weiß es nicht, aber es macht mir Angst“, offenbarte Kati ihr ehrlich.

„Wurde Sie schwer verletzt? Konnten Sie ihren Verfolger erkennen?“, sprudelte es aus Karin Brink heraus. Sie beugte sich zu Kati und wartete auf die Antwort.

Kati sah in ihrem Augen die Hoffnung, durch den Verfolger den Mörder ihrer Tochter zu finden. Traurig schüttelte sie den Kopf. „Nein, ich habe ihn nicht erkannt. Schwer verletzt bin ich auch nicht.“

Julias Mutter sank in sich zusammen und nickte.

„Frau Brink, wer könnte Ihre Tochter verfolgt haben?“

Julias Mutter schüttelte den Kopf. „Niemand! Wer sollte so etwas auch tun? Julia erwähnte das Gefühl, beobachtet zu werden, in einem Gespräch mit mir. Ich sagte ihr, sie solle vorsichtig sein. Aber richtig ernst genommen habe ich es nicht. Es gab keinen Anlass, eine Verfolgung zu vermuten. Da waren weder verdächtige Anrufe noch irgendwelche anderen Hinweise. Wer sollte dafür ein Motiv haben? Ich dachte, es sei Einbildung. Julia war in den Tagen nervös und aufgekratzt, und sie selbst erwähnte es auch nur einmal“, versicherte Frau Brink.

Julias Mutter sackte in sich zusammen und fing an zu weinen. „Sie meinen, meine Tochter wurde tatsächlich verfolgt und es war keine Einbildung? Der Polizei gegenüber habe ich es nicht einmal erwähnt. Ich dachte doch, dass es nur ein Gefühl war.“ Nervös zupfte Karin Brink an ihrem Ärmel und schaute Kati erwartungsvoll an. „Ich habe es nicht für wichtig gehalten.“

Kati schwieg bedrückt.

Nachdenklich fügte Karin Brink hinzu: „Die Polizei ermittelt in Richtung Raubmord. Schließlich wurde Julias ganzer Schmuck gestohlen. Vielleicht wurde sie ausgekundschaftet.“

Kati seufzte. „Könnten Sie sich niemanden aus Julias Umfeld vorstellen, der sie heimlich beobachtet hat?“, fragte sie.

Julias Mutter legte ihre Stirn in Falten und schwieg. Es dauerte lange, bis sie tief Luft holte und erklärte: „Julia hatte Michael, ihren Exfreund, in Verdacht. Also hat sie ihn gefragt. Er stritt es ab und sie glaubte ihm."

„Und Sie? Was denken Sie?", hakte Kati angespannt nach.

Frau Brink schniefte und erklärte: „Es war alles schon ein sonderbarer Zufall. Das Wiedersehen meine ich; da treffen sich die beiden unverhofft nach Jahren wieder. Kein Wunder, dass es Julia aufgewühlt hat und sie nervös war. Dann kam der Streit mit Felix dazu. Jetzt erscheint es auffällig, dass sie sich beobachtet fühlte. Aber als sie mir davon erzählte, befürchtete ich, Julia sei kurz davor durchzudrehen. Ich konnte mir nicht vorstellen, dass Michael sie beschattete. Anrufen, das ja, aber heimlich bespitzeln? Das klang absurd in meinen Ohren."

„Warum könnte er sie beobachtet haben?", hakte Kati nach und vor Neugierde kribbelten ihre Finger.

Karin Brinks Blick schweifte über den Friedhof, bis er sich in der Ferne verlor. „Damals dachte ich, die beiden, das wäre so eine Teenagerliebe. Wobei die erste Liebe immer etwas ganz Besonderes ist." Für einen Augenblick lächelte Karin Brink versonnen und schien mit ihren Gedanken in einer anderen Zeit. Dann schluchzte sie und das Lächeln verschwand ebenso schnell, wie es aufgetaucht war. „Aber das zwischen den beiden, das war mehr. Ich habe das erst später begriffen."

Kati hatte lange über die Informationen nachgedacht, die sie auf Julias Beerdigung erhalten hatte. Etwas ließ ihr keine Ruhe. Daher beschloss sie, Karin Brink darauf anzusprechen. „Was ist damals, vor der Trennung, an dem Wochenende in den Osterferien auf oder nach der Party passiert?“, fragte sie leise.

Karin Brink zuckte unmerklich zusammen. „Nichts, was soll geschehen sein?“, antwortete sie schrill.

„An dem Samstagabend waren die beiden auf einer Party. Danach sahen sie sich nicht mehr und Julia machte Schluss.“ Katis Stimme klang fest und ließ keinen Zweifel daran, dass sie Antworten wollte.

„Fragen Sie doch Michael“, antwortete Frau Brink schnippisch.

„Der weiß es nicht“, erwiderte Kati ruhig und fixierte Julias Mutter mit einem auffordernden Blick.

„Ja“, zischte die verächtlich, „der hatte einen Filmriss.“ Sie sprach leise, stieß die Worte zwischen ihren zusammengebissenen Zähnen hervor. Ihre Wut war so unverhohlen, dass es Kati überraschte. „Praktisch, so ein Blackout. Man weiß nichts und lebt munter weiter. Ich hätte auch gerne einen Filmriss.“

„Was ist damals geschehen?“

Karin Brink öffnete den Mund und wollte etwas sagen, zögerte aber und schüttelte unmerklich den Kopf. „Ich will jetzt allein sein.“ Wortlos starrte sie über den Friedhof und kniff ihre Lippen fest zusammen.

Kati erkannte, dass sie keine weiteren Antworten bekommen würde. Es hatte keinen Zweck, weiter zu bohren. Sie wartete einen Augenblick und humpelte dann resigniert ohne einen Abschiedsgruß davon.

Was verschwieg Julias Mutter? Ihr musste doch mehr als jedem anderen daran gelegen sein, den Mörder zu entlarven. Kati verstand Karin Brink nicht. Was war an dem Abend auf der Party mit den Klassenkameraden geschehen? Hatte es etwas mit dem Mord zu tun?

Kapitel 15

„Okay, das ist interessant. Da werden wir nachhaken. Danke für die Information“. Nachdenklich beendete Ubbo das Telefonat.

Anke sah ihn erwartungsvoll an, aber er machte keine Anstalten, sie in seine Überlegungen mit einzubeziehen. Ihren auffordernden Blick schien er nicht zu bemerken. Sie legte ihren Kopf schief, rollte mit ihren Augen und gab ihm weitere fünf Sekunden. Nichts! Ohne lange zu fackeln, trat sie ihm mit ihren Doc Martens kräftig aus seinen linken Fuß.

Noch bevor er schmerzvoll „Aua“ schrie, schaute Ubbo Anke entgeistert an. Er hüpfte seinen linken Fuß haltend ungelenk hin und her. Die Passanten auf dem Prinzipalmarkt, der guten Stube Münsters, wurden Zeugen dieses Schauspiels. Sie beobachteten das Geschehen skeptisch und flanierten kopfschüttelnd an ihnen vorbei.

„Was soll das denn?“, fragte er fassungslos.

Anke ging gar nicht darauf ein und erkundigte sich: „Wichtige Informationen, die du erhalten hast?“

„Ja, mein Gott, du hättest mich anschubsen können, um meine Aufmerksamkeit auf dich zu lenken. Es war nicht nötig, gleich meinen ganzen Fuß zu zerquetschen, Herrgottnochmal“, erwiderte Ubbo ärgerlich.

„So ist der Lerneffekt größer“, erklärte Anke grinsend. „Wir waren uns doch einig. Wir wollen es als Team zusammen versuchen. Ich werde nicht gerne außen vor gelassen. Also, gibt es neue Informationen?“, erkundigte sie sich mit hochgezogenen Augenbrauen.

Ubbo schnaubte, um seine Missbilligung zu zeigen. Anke lächelte ihn an.

„Karin Brink hat angerufen. Sie hat erzählt, dass sich Julia in den Tagen vor ihrem Mord verfolgt gefühlt hat. Sie verdächtigte ihren Exfreund aus Schultagen. Und jetzt halt dich fest, ihr Ex ist Michael Meiman, Sohn des Immobilienmaklers Lutz Meiman. Der Sohn ist Partner seines Vaters in der Immobilienagentur. Natürlich hat der die Verfolgung abgestritten. Außerdem war er auch der ursprünglich beauftragte Makler. Lutz Meiman hat den Auftrag auf Wunsch des Verlobten übernommen“, berichtete Ubbo.

„Michael Meiman. Interessant. Überlegst du, ob der Verfolger auch Kati gefolgt ist?“, wollte Anke wissen.

Ubbo seufzte. „Ich halte es für möglich.“ Ubbos Augen verdunkelten sich und Anke konnte seine Sorge um Kati spüren.

„Warum sollte jemand sie beobachten?“, fragte sie.

„Vielleicht weiß sie etwas, ohne es zu ahnen“, mutmaßte Ubbo und atmete hörbar aus.

„Warum hat Julias Mutter das nicht gleich bei der ersten Befragung erwähnt?“

Ubbo schüttelte den Kopf. „Sie hatte diesem Verfolgungsgefühl zunächst keine Bedeutung beigemessen. Aber nachdem Kati ihr von ihrem Erlebnis erzählt hatte, schien es ihr doch wichtig.“

„Kati? Kati Hülsberg? Woher kennt die denn die Mutter des Opfers? Die steckt ihre Nase ständig in anderer Leute Angelegenheiten.“ Anke spürte, wie sich Wut in ihrem Inneren zusammenbraute.

Ubbo zuckte nur mit den Schultern. „Das Immobilienbüro der Meimans ist in der Königsstraße, ganz in der Nähe. Was hältst du von einem Überraschungsbesuch?“, fragte er sie.

Sie nickte. Er belastete seinen linken Fuß, um zu testen, ob er noch gebrauchsfähig war. Wie ein Storch stakste er vorsichtig über den Prinzipalmarkt.

„Ich hoffe, es tut nicht mehr weh.“

„Als ob dich das interessieren würde“, schimpfte Ubbo.

Ankes Anspannung verflog. Sie folgte grinsend ihrem hinkenden Kollegen zum Maklerbüro.

Hoffentlich brachte der Hinweis von Julias Mutter ihre Ermittlungen voran. Die letzte hoffnungsvolle Spur, ein Anruf der niederländischen Polizei, hatten sich als Reinfall erwiesen. Die Kollegen aus dem Grenzgebiet hatten Anke die Telefonnummer der Exfreundin des Drogendealers Jan van Leyen gegeben. Seine Vorgeschichte, die angebliche sexuelle Belästigung seiner damaligen Freundin, hatte sich als Beziehungsschlammschlacht entpuppt. Das Verfahren war zu Recht eingestellt worden. Das war das Dilemma bei der Ermittlungsarbeit. Viele Spuren führten ins Nichts.

Im Immobilienbüro Meiman & Meiman wurden Ubbo und Anke von der Sekretärin Frau Lessing empfangen. Die Vorzimmerdame verschwamm ein wenig mit der grauen Hintergrundfarbe ihrer Bürowand. Lisa Lessing trug einen mausgrauen Pullover über einer schiefergrauen Baumwollhose und als Farbtupfer dazu ein aschgraues Seidentuch. Das ist quasi ein Tarnlook, kam es Anke in den Sinn.

Passenderweise waren die Haare der Sekretärin ergraut. Sie hatte sie hochgesteckt, doch einige Strähnen hatten sich gelöst und fielen ihr in die Stirn. Freundlich und kompetent beantwortete sie Ankes Fragen und begleitete die Polizisten anschließend in das Büro des Seniorchefs. Dort sahen sie Michael Meiman, der mitten in einer Besprechung mit seinem Vater zu sein schien. Er begrüßte die Kriminalbeamten freundlich und verabschiedete sich sogleich mit den Worten: „Ich will bei der Befragung nicht stören. Wir diskutieren den Rest einfach später.“

Schon war er von seinem Stuhl am Besprechungstisch des großzügigen Büros aufgestanden. Mit seinem Tablet in der Hand wandte er sich zur Tür.

„Herr Meiman, bitte bleiben Sie. Wir hätten auch an Sie einige Fragen.“

Michael Meiman drehte sich um. Anke sah, dass Vater und Sohn einen flüchtigen Blick austauschten, den sie nicht sofort deuten konnte. Es schien fast wie ein kurzes Aufflackern von Sorge in den Augen des Vaters und des Sohnes. Aufmerksam betrachtete Anke die beiden und ließ dann ihren Blick durch den Raum gleiten.

Das modern eingerichtete Büro bot viel Platz. Der Schreibtisch bestand aus einer massiven Walnussholzplatte auf einem schwarzen Stahlgestell. Es kombinierte Eleganz mit Behaglichkeit und gefiel Anke auf Anhieb. Die Besprechungsecke schien aus dem gleichen Holzprogramm zu sein und wurde von vier schwarzen eleganten Lederstühlen ergänzt.

Anke und Ubbo nahmen das Angebot, Platz zu nehmen, dankbar an und setzten sich. Anke hörte das leise Seufzen ihres Kollegen, der erleichtert schien, seinen malträtierten Fuß entlasten zu können. Geschieht ihm recht, schoss es ihr wenig mitfühlend durch den Kopf, und dabei strich sie über die Holzarmlehnen ihres Sessels. Die Stühle sehen nicht nur gut aus, sie sind auch bequem, dachte Anke und konzentrierte sich dann erneut auf ihre Gesprächspartner, die ihr gegenüber Platz genommen hatten.

Mit Ubbo hatte sie vorab geklärt, dass sie die Gesprächsführung übernehmen würde. Ohne sich mit Smalltalk aufzuhalten, erkundigte sie sich ohne Umschweife: „Herr Meiman, Sie haben bei Ihrer Befragung am Freitag vergessen, zu erwähnen, dass Sie das Opfer von früher kannten. Dass Ihr Sohn lange mit Julia befreund war. Und dass er der ursprünglich beauftragte Immobilienmakler von Felix Schönfelder war. Was sagen Sie dazu?“ Anke wartete gespannt auf die Reaktion Lutz Meimans und die seines Sohnes.

Michael Meiman senkte seinen Blick. Sein Vater hingegen brauste auf. An seinem Hals bildeten sich hektische rote Flecken. „Was hat eine Freundschaft aus Schulzeiten mit dem Fall zu tun? Das liegt Jahre zurück. Mir ist nicht klar, warum ich das hätte erwähnen sollen. Es erschien mir nicht wichtig.“ Schweißperlen bildeten sich auf seiner Stirn. „Und ja, mein Sohn war zunächst mit der Immobilienvermittlung betreut und ich habe übernommen.“

„Warum?“, hakte Anke nach.

„Es gab ein erstes Treffen und danach bat Felix Schönfelder darum, dass ein anderer die Vermittlung übernehmen sollte.“

„Welchen Grund nannte er?“

„Welchen Grund, welchen Grund“, wiederholte Lutz Meiman verärgert die Frage. „Der Kunde ist König und muss seine Wünsche nicht rechtfertigen.“

Anke entschied sich, nicht weiterzubohren, sondern widmete sich dem nächsten Punkt.

„Das Meeting am Freitag mit Julia. Wusste Herr Schönfelder davon? Haben Sie den Termin vereinbart oder Ihr Sohn?“

Drei steile Falten bildeten sich oberhalb der Nasenwurzel auf Lutz Meimans Stirn und er zerrte an seinem Schlips. Er befeuchtete seine Lippen, räusperte sich und erklärte: „Das war kein richtiger Termin. Es sollte ein weiteres Angebot übergeben werden. Mehr nicht. Es kann sein, dass Herr Schönfelder davon nichts wusste."

„Also vereinbarte Ihr Sohn diesen Termin?"

„Ja", entgegnete er gereizt.

„Dann fragen wir doch am besten Ihren Sohn selbst", erwiderte Anke süffisant.

„Ja, ich legte den Termin fest", mischte sich Michael Meiman in das Gespräch ein. „Es waren passende Objekte neu hereingekommen. Die wollte ich persönlich kurz reinreichen und erläutern."

„Sie kannten Julia von früher?"

Michael faltete seine Hände ineinander und legte sie auf die Tischplatte. „Sie war die Liebe meines Lebens." Meiman junior sah Anke direkt an und presste seine Lippen zusammen. Es dauerte einen Moment, bis er weitersprach. Er lehnte sich zurück und strich sich mit einer Hand über die Schläfe. „Wir waren in der Oberstufe liiert. Ich dachte, wir wären ein glückliches Paar." Sein Handy in seiner Anzugjacke summte, aber er schien es nicht einmal wahrzunehmen. Schließlich verstummte es. Michael Meiman seufzte und zuckte mit den Schultern. „Ich sehe nicht, wie ich Ihnen weiterhelfen kann."

„Herr Meiman. Hat Julia Brink sich mit Ihnen ohne ihren Verlobten getroffen?"

„So, wie Sie das sagen, klingt es, als ob wir eine Affäre gehabt hätten. Wir haben uns verabredet, hier um die Ecke im Krawummel. Da hätte ihr Verlobter von mir aus dabei sein dürfen", erklärte er aufgebracht.

„Wessen Idee war das?"

„Julia rief an und schlug ein Zusammentreffen vor."

„Was wollte sie von Ihnen?"

„Ich Idiot dachte, sie wollte mir nach all den Jahren erklären, warum sie mich fallengelassen hat wie eine heiße Kartoffel. Nur Wochen bevor wir unser Abi schrieben. Ich war damals so von der Rolle. Ich kann bis heute kaum glauben, dass ich alle Prüfungen geschafft habe. Aber in dem Treffen ging es nicht um unsere Vergangenheit." Michael Meiman schwieg und zog seine Augenbrauen zusammen. Er schien konzentriert nachzudenken.

„Julia kam an dem Abend ins Krawummel an der Ludgeristraße. Ich saß bereits an einem der Tische. Sie wirkte gehetzt und nervös. Schaute ständig zur Tür, als erwartete sie, dass jederzeit ihr Verlobter hineinstürmen würde. Sie aß und trank nichts. Zu Smalltalk war sie auch nicht aufgelegt. Sie fiel gleich mit der Tür ins Haus. Erzählte mir, sie fühle sich verfolgt. Ich habe damals gedacht, die spinnt." Michael Meiman atmete tief ein und sah Anke fest in die Augen. „Heute denke ich, sie hatte vielleicht recht. Wer hat Ihnen von diesem Treffen erzählt? Ihr Verlobter?", mutmaßte er.

„Herr Meiman, wir möchten den Mord an Ihrer Exfreundin aufklären. Meinen Sie nicht, eine potentielle Verfolgung in den Tagen vor ihrem Tod könnte von Belang sein?", konterte Anke schnippisch.

Ein Muskel zuckte an Michael Meimans Kiefer. Er schnaubte, lenkte aber ein. „Es tut mir leid. Sie haben recht. Julia hatte mich im Verdacht. Warum ist mir schleierhaft. Ich habe für die Abende in der Woche vor ihrem Tod Alibis, falls das nötig sein sollte. Geschäftstermine, Kundengespräche, und einmal war ich mit Freddy, einem Schulfreund unterwegs."

„Wir kommen darauf zurück. Wer könnte Julia verfolgt haben?", fragte Anke beharrlich nach.

„Keine Ahnung. Ihr eifersüchtiger Verlobter? Der ertrug es nicht einmal, dass ich ihr Immobilienmakler war. Verlangte umgehend einen anderen. Sonst wüsste ich niemanden."

„Warum haben Sie und Julia sich damals getrennt?"

„Das tut nichts zur Sache", warf der Senior ein. Er schoss aus seinem Stuhl hoch, baute sich dahinter auf und fixierte Anke mit einem kühlen Blick. „Das hat doch nichts mit dem Mord zu tun. Wir können Ihnen nicht weiterhelfen. Für alte Schulerinnerungen fehlt uns hier die Zeit." Lutz Meiman umklammerte seine Stuhllehne.

Anke sah, dass seine Gesprächsbereitschaft auf dem Nullpunkt angekommen war. Sie tauschte einen Blick mit Ubbo aus, der ihr unmerklich zunickte. Hier würden sie jetzt nicht weiterkommen.

„Falls Sie keine weiteren Fragen mehr haben, ich habe in wenigen Minuten ein wichtiges Meeting", erklärte Lutz Meiman.

Anke wandte sich seinem Sohn zu und lächelte ihn an. „Sie sagten, Sie hätten Alibis für den Tatabend, aber auch für die Abende zuvor, an denen Julia möglicherweise verfolgt wurde. Bitte schicken Sie uns eine Liste der Orte, der Veranstaltungen und der Personen zu, die ihre Angaben bestätigen können." Dabei schob sie ihm eine Karte mit ihrer E-Mail Adresse zu. „Ich wäre Ihnen dankbar, wenn ich die Liste noch heute erhalten würde."

Michael Meiman nahm die Karte und nickte stumm. Anke sah ihm die Überraschung darüber an, dass sie seine Angaben überprüfen wollte. Sie blickte zu Lutz Meiman hinüber. Dessen Lippen waren zu einen harten, entschlossenen Strich zusammengekniffen. Seine Augen durchbohrten seinen Sohn, fast so, als wollte er ihn zum Schweigen bringen.

Lutz Meiman begleitete die beiden Kommissare zur Tür und verabschiedete sich.

Anke versuchte, sich über die eigentümliche Atmosphäre der letzten Minuten des Gesprächs klar zu werden. Mit dem ersten Schritt vor die Tür des Maklerbüros war dieser Versuch weggeweht. In der kurzen Zeit ihres Besuchs war der Wind merklich aufgefrischt und die dunkelgrauen Wolken verhießen nichts Gutes. Ubbo und Anke standen fröstelnd und unentschlossen in der Königsstraße. Ein eisiger Wind wehte ihnen um die Ohren. Anke verfluchte sich dafür, dass sie sich an diesem Morgen gegen ihren warmen roten Kaschmirschal und die dazu passende

Mütze entschieden hatte. Sie trat von einem Fuß auf den anderen und fragte ihren Kollegen:

„Gehen wir noch kurz zum Bahnhof? Vielleicht treffen wir Jan van Leyen dort."

Statt einer Antwort schlug Ubbo den Kragen seiner Jacke hoch, stopfte seine Hände in die Jackentaschen und stapfte in Richtung Bahnhof.

„Reden wird überbewertet", murmelte Anke und verdrehte ihre Augen.

Erfreulicherweise mussten sie nicht lange nach Jan van Leyen suchen. In der Achtermannstraße, seinem Revier, trafen sie ihn an.

Anke sah in seinen Augen, dass er für den Bruchteil einer Sekunde überlegte zu fliehen. Glücklicherweise entschied sich Jan van Leyen anders und schaute ihnen stattdessen betont gelangweilt entgegen. Kurz bevor sie ihn erreichten, spuckte er auf den Bürgersteig, grinste Anke an und schnalzte mit der Zunge.

Ubbo und seine Partnerin ignorierten die Provokation. „Herr van Leyen, wir haben ein paar Fragen. Wollen Sie sie hier beantworten oder möchten Sie uns aufs Präsidium begleiten?", fragte Ubbo in ungewöhnlich scharfem Ton.

Jan reckte seinen Hals und sah an ihm vorbei zur anderen Straßenseite. „Was?", raunzte er missmutig.

„Sie stehen hier oft und beobachten", stellte Ubbo fest.

Jan starrte ihn an, verlagerte sein Gewicht von einem Bein auf das andere und zupfte an seiner Kapuzenkordel. „Ja, und?“, fragte er genervt. „Ist das ein Verbrechen?“

Ubbo ging nicht auf die Frage ein. „Julia Brink, das Mordopfer, fühlte sich in den Tagen vor ihrem Tod verfolgt.“

Schon brauste Jan auf: „Das wollt ihr mir in die Schuhe schieben?“

Ubbo wollte etwas erwidern, aber Anke legte ihre Hand auf seinen Arm und gab ihm damit zu verstehen, abzuwarten.

Jan war derart aufgebracht, dass es nur so aus ihm heraussprudelte. „Ich war das nicht. Das hättet ihr wohl gerne. Der Dumme vor dem Haus, dem hängen wir es an. Warum hätte ich sie verfolgen sollen? Ich bekam auch so schon mehr mit, als ich wollte. Ihr seid bei mir an der falschen Adresse. Hätte ich mir gleich denken können, dass ihr den nicht findet. Aber mich beschuldigen, das könnt ihr.“ Jan van Leyen brüllte den letzten Satz und wischte sich mit seinem Ärmel den zähflüssigen Speichel ab, der über sein Kinn herabtropfte. „Das war einer von euch, nur schäbiger gekleidet. Ne Schnüffelnase. Fuhr einen alten BMW. So, wenn ich eure ganze Arbeit machen muss, kriege ich dann auch eure Bezahlung?“, schrie er Ubbo entgegen und trat so nah an Anke heran, dass ihr sein Atem entgegenschlug.

Anke widerstand dem Impuls, einen Schritt nach hinten zu weichen. Sie hielt die Luft an und versuchte, nicht die Nase zu rümpfen.

„Können Sie sich an das Autokennzeichen erinnern und den Mann beschreiben?“, hakte Ubbo hartnäckig nach.

Jan runzelte die Stirn und kniff seine Lippen zusammen. Er atmete ruhiger und die dunkelrote Zornesröte seines Gesichtes wich einem rötlichen Ockerton. Er zögerte. Anke sah ihm an, dass es ihm schwerfiel, Informationen an die Polizei weiterzugeben. Doch die Alternative, selbst verdächtig zu sein, schien schließlich seine Zunge zu lösen.

„Münsteraner Kennzeichen, dunkelgrauer 5er BMW, uralt. Der Mann war, weiß nicht, unscheinbar. Ah, beim Kennzeichen, jetzt fällt es mir wieder ein. An die Buchstaben erinnere ich mich nicht, aber die Zahlen waren witzig. 007. Aber Ähnlichkeit mit Bond hatte der nicht. 007, pah!“ Jan schüttelte den Kopf und sah dann abschätzig zu Anke. „War es das? Oder möchtest du noch mehr Zeit mit mir verbringen?“

Anke schäumte.

Ubbo kam ihr mit einer Antwort zuvor: „Wir haben vorläufig genug von Ihnen. Falls ich Sehnsucht nach Ihnen bekomme, weiß ich, wo ich Sie finde.“

Ubbo und Anke machten sich auf den Weg zurück zum Präsidium. Beide schwiegen und hingen ihren eigenen Gedanken nach. Anke überlegte, ob derselbe Mann Julia Brink und Kati Hülsberg verfolgt hatte. Wie passte das alles mit ihrer ursprünglichen Vermutung zusammen, dass es sich um einen Raubmord handelte?

Anke entschied sich, die Kennzeichen sämtlicher Privatermittler zu überprüfen. Außerdem würde sie bei den Kollegen nachfragen, ob inzwischen der Schmuck aufgetaucht sei. Zufrieden mit ihrem Plan setzte sie ihren Weg fort. Nie hätte sie geahnt, wohin sie diese Recherchen führen würden.

Kapitel 16

„Verdammte Idioten!“ Wütend knallte Anke den Telefonhörer auf die Gabel und suchte auf ihrem Schreibtisch nach etwas, das sie werfen oder zerstören könnte.

Besorgt schaute Ubbo zu ihr herüber und öffnete seinen Mund.

„Oh, sag jetzt nichts“, zischte sie ihn an.

Beschwichtigend hob Ubbo seine Hände. „Ich sag ja gar nichts.“

„Und hör auf, deine Augenbrauen hochzuziehen“, giftete sie ihn an. Wütend schlug sie mit ihrer Faust auf die Tischplatte. Ihren Schreibtisch, ein Relikt aus den siebziger Jahren, schien das wenig zu stören. Hässlich, aber stabil, dachte Anke. Wahrscheinlich wird mich dieses Scheißding überleben.

Ubbo hatte sich wieder seinen Akten zugewandt und ließ sie wie gefordert in Ruhe.

Hätte ruhig ein bisschen hartnäckiger nachfragen können, was los ist, grollte sie. Unschlüssig trommelte sie mit ihren Fingern auf die Tischplatte und schaute, ob sie damit die Beachtung des Kollegen auf sich ziehen konnte. Tatsächlich, er sah herüber. Ubbo legte seinen Stift beiseite, faltete seine Hände und platzierte sie auf seinem Schreibtisch. Dann lächelte er seine Kollegin an und sagte: „Du hast meine ungeteilte Aufmerksamkeit."

Zufrieden grinste Anke und rieb sich fröstelnd ihre Hände. „Diese hirnamputierten Idioten", wetterte sie.

Ubbo hob seine Hand.

„Was?", fragte sie genervt, empört über seine Unterbrechung.

„Warte kurz", sagte er und huschte im Eiltempo aus dem Büro.

Anke starrte ihm mit offenem Mund hinterher. „Der hat mich nicht einfach hier sitzengelassen", flüsterte sie fassungslos und fühlte ihren Blutdruck steigen.

Nur zwei Minuten später kam Ubbo langsam wieder herein. In seinen Händen balancierte er hochkonzentriert einen Becher mit dampfendem Kaffee. Den stellte er lächelnd auf Ankes Schreibtisch.

„Ich habe nicht gesagt, dass ich einen Kaffee will", brummte sie unwirsch. Ihre kalten Hände umklammerten dabei den heißen Becher.

„Mmh, du kennst nicht zufällig die Studie der US-Forscher Williams und Bargh?"

„Die kenne ich nicht. Ob man dabei von Zufall reden kann, bezweifle ich", erwiderte Anke unwirsch und genoss die Wärme des Bechers.

Ubbo beobachtete sie und lachte. „Du schienst mir aufgeregt und hattest, wie alle Frauen, kalte Hände. Die beiden Forscher stellten vor ein paar Jahren fest, dass das Halten eines warmen Bechers sich positiv auf soziale Urteile und Sozialverhalten auswirkt."

„Ach, so ein Quatsch", urteilte Anke und ärgerte sich darüber, dass ihre Wut tatsächlich verraucht war. „Wie soll das denn zusammenhängen?"

„Man vermutet, dass physische und psychische Wärme in derselben Hirnregion lokalisiert sind und sich gegenseitig beeinflussen." Entspannt setzte sich Ubbo wieder an seinen Schreibtisch und schlug die Beine übereinander. „So, was wolltest du mir erzählen?"

Anke musste wider Willen lächeln. Ubbo war voller Überraschungen. Schelmisch sah sie zu ihm herüber und sagte süffisant: „Bin gespannt, wer von uns beiden gleich genervter ist. Es ging bei dem Telefonat um die Videoaufnahmen aus dem Parkhaus, in dem Kati Hülsberg verfolgt wurde."

Erwartungsvoll lehnte sich Ubbo vor und seine Gelassenheit wich einem konzentrierten Blick.

„Die eine Überwachungskamera war defekt, aber es gab eine zweite Kamera, die an dem besagten Abend dort auf der Etage in Betrieb war. Leider haben die Mitarbeiter nicht die Aufnahmen vom Tag der Verfolgung geschickt, sondern vom darauffolgenden Tag. Sie bemühen sich aber, uns zeitnah die Aufzeichnungen vom Tatabend zukommen zu lassen."

Anke hob ihren Kaffeebecher behutsam hoch und nahm genussvoll einen Schluck, während sie Ubbos Reaktion beobachtete. Der schlug mit der Faust auf den Tisch, so wie sie kurz zuvor.

„So eine Inkompetenz. Ist denen denn nicht klar, wie wichtig dieses Videomaterial sein könnte?"

Honigsüß fragte Anke: „Möchtest du einen heißen Kaffeebecher für deine Hände?"

Eine Antwort von Ubbo erübrigte sich, da es an der Tür klopfte. „Herein!", brüllte er frustriert und raufte sich die Haare.

Vorsichtig humpelte Kati ins Büro. „Ich will nicht stören."

Anke hatte schon ihren Mund geöffnet, um etwas Passendes zu erwidern. Aber sie sah Ubbos unmissverständlichen Blick und sein leichtes Kopfschütteln. Unwillig schluckte sie ihren Kommentar herunter und starrte den ungebetenen Gast lediglich mürrisch an.

Kati hatte den unansehnlichen Besucherstuhl in der Mitte des Büros zwischen den beiden Schreibtischen erreicht. Anke sah ihr an, dass sie einen Moment zögerte, bevor sie sich erschöpft setzte und nach einem Platz für ihre Krücken suchte. Sie saß mit dem Rücken zur Fensterfront und hatte den Stuhl so gedreht, dass sie sowohl Anke als auch Ubbo anschauen konnte. Schließlich legte Kati ihre Gehhilfen neben sich auf den Boden und strahlte ihre Gesprächspartner an.

„Wie geht es deinem Knöchel?", erkundigte sich Ubbo.

„Viel besser", erwiderte Kati. „Habt ihr schon etwas über meinen Verfolger herausgefunden?", fragte sie.

Ubbo räusperte sich. „Wir sind dran."

„Deswegen bin ich auch gar nicht hier. Ich war auf dem Zentralfriedhof. Dort ist mir Julias Mutter begegnet und wir kamen ins Plaudern“, berichtete Kati.

Anke verzog das Gesicht. „Klar“, murmelte sie und erhielt dafür einen mahnenden Blick ihres Kollegen.

„Julias Mutter hat bereits angerufen und von eurem Gespräch erzählt“, klärte Ubbo sie auf.

Unbeirrt berichtete Kati weiter. „Frau Brink erzählte mir etwas, das für euren Fall wichtig ist. Ich kann mir denken, warum Julia sterben musste.“

Überrascht fiel Ubbo die Kinnlade herunter. Anke stellte ihren Becher zur Seite und wartete gespannt auf Katis Ausführungen.

„Es hängt alles mit Julias Vergangenheit zusammen.“ Kati schaute Ubbo und danach Anke an und nickte. „Es gab einen Vorfall vor der Trennung mit Michael Meiman. Was genau, das wollte mir Julias Mutter nicht erzählen. Ob Michael etwas getan hat oder eben nicht und ob er sich überhaupt daran erinnern kann, weiß ich nicht. Ihr damaliger Freund soll an dem besagten Wochenende einen Filmriss gehabt haben. Behauptet er zumindest. Wie passend.“

Kati setzte sich auf die Kante ihres Stuhles und flüsterte: „Das zufällige Zusammentreffen der beiden, das hat alles wieder aufgewühlt, alte Gefühle, aber eben auch diesen Vorfall. Wahrscheinlich wollte Julia nicht länger schweigen. Deshalb hat Michael sie verfolgt und getötet. Warum Julias Mutter euch nicht gleich von der Verfolgung erzählt hat, verstehe ich allerdings nicht. Ein bisschen sonderbar ist die schon. Was sagt ihr zu meinen Informationen? Die müssten euch weiterbringen bei euren Ermittlungen, oder?“ Kati sah Ubbo an. „Was denkst du?“

Ubbo schloss seinen Mund, öffnete ihn, um ihn dann erneut zu schließen.

Anke erinnerte das an Schnappatmung oder die Mundbewegungen eines Fisches. Sie selbst schüttelte ihren Kopf, unsicher, ob sie alles richtig verstanden hatte. Ihre Augen waren nur noch schmale Schlitze und ihre Lippen fest zusammengepresst. An Ubbo gewandt sagte sie: „Da kannst du mir ein Dutzend heißer Becher in die Hand drücken, das mildert mein Urteil in diesem Fall nicht.“

Verständnislos sah Kati zu Anke. Ubbo schloss die Augen und ließ dem Unheil seinen Lauf.

Anke holte tief Luft und schimpfte los: „Hören sie gut zu, Frau Hülsberg. Sie haben ganz schön viel Meinung für so wenig Ahnung. Sie können doch nicht in ein Polizeipräsidium kommen und ohne jeden Beweis einen unbescholtenen Bürger des Mordes bezichtigen.“ Den letzten Teil des Satzes schrie Anke. „Ich hatte Ihnen schon vor ein paar Tagen deutlich gesagt, dass Klatsch und Tratsch keine Beweise ersetzen.“

„Lass gut sein, Anke“, unterbrach Ubbo sie matt. „Kati, hör zu. Michael Meiman hat Julia nicht ermordet. Der hat ein Alibi. Das haben wir überprüft. Er war Freitagnachmittag in Dortmund bei einem Kunden namens Bazille. Auch für die Zeiten der Verfolgungen hat er Alibis angegeben. Ich bin dabei sie zu überprüfen. Bisher bestätigen die befragten Zeugen seine Angaben. Er ist im Moment nicht tatverdächtig."

„Das geht Frau Hülsberg nichts an, verdammt noch mal", brüllte Anke durchs Büro.

Unbeirrt fügte Ubbo hinzu: „Dass die Trennung vor Jahren in irgendeinem Zusammenhang zu dem Fall steht, dafür gibt es keinerlei Anhaltspunkte."

„Aber das kann doch kein Zufall sein", widersprach Kati.

Anke rang um Geduld. „Frau Hülsberg, wir bearbeiten den Fall. Wir besprechen unsere Theorien, Spuren und Ergebnisse nicht mit Außenstehenden. Haben Sie Beweise, kommen Sie zu uns, jederzeit. Möchten Sie eine Anzeige erstatten, eine Aussage machen oder brauchen Sie unsere Hilfe, sind wir für Sie da. Für wilde Gerüchte ohne jede Grundlage sind wir aber nicht zuständig."

Kati schnaubte und griff nach ihren Krücken. Mit Tasche und Gehhilfen und nur zwei Händen erwies sich die Türklinke als Herausforderung. Ubbo kam ihr zu Hilfe, erntete dafür aber nur einen feindseligen Blick von ihr. Mühevoll öffnete sie die Tür alleine und drehte sich im Türrahmen um. „Ihr seid auf dem Holzweg."

Zu Anke Breider gewandt sagte sie: „Ich kenne nicht alle Fakten und mein Verdacht mag falsch sein, aber meine Fragen und meine Neugier sind es garantiert nicht. Und in was ich wann meine Nase stecke, das bestimme ich und mit Sicherheit nicht Sie, Frau Breider.“ Ohne Abschiedsfloskel machte sich Kati auf den Weg.

Ubbo schloss die Tür und schwieg.

Anke war froh, dass sie Michael Meimans Alibi schon überprüft hatten. Er gab Zeugen, sowohl für einen Teil der Abende der möglichen Verfolgung als auch für den Tatzeitpunkt. Er fiel damit als Täter aus und seine frühere Beziehung zum Opfer war ohne Belang. Basta!

Trotzdem beschlich Anke eine Unruhe, die sie nicht abschütteln konnte. Das Gefühl, nicht die richtigen Fragen zu stellen. Hatte Kati Hülsberg damit recht?

Kapitel 17

Anke schenkte sich den letzten Rest Kaffee aus der Kanne ein und schaute sich die klägliche Pfütze in ihrem Becher an. Sie stand im Aufenthaltsraum des Polizeipräsidiums. Dort befand sich die altertümliche Kaffeemaschine, die ihren Dienst lange vor Anke in diesem Präsidium angetreten hatte und mehr Überstunden leistete als jeder andere in dieser Abteilung.

Wie immer war hier reger Betrieb. Kaffee schien für viele Polizisten ein Lebenselixier zu sein. Zugleich diente der in die Jahre gekommene, funktional eingerichtete Raum als Besprechungszimmer und Informationsbörse.

„Komm, Anke, setz dich kurz zu uns. Wir sehen dich kaum noch. Wie läuft dein Fall?", erkundigte sich Heinz und schob ihr einen Stuhl herüber.

Anke drehte sich zu ihren Kollegen um. „Komplizierter als gedacht", gab sie bereitwillig Auskunft. „Mehr Verdächtige, als mir lieb sind, und keine stichhaltigen Beweise." Sie nippte an ihrem lauwarmen Kaffee und verzog angewidert das Gesicht.

Ihr Kollege grinste sie wissend an.

„Von deinem Ubbo sieht und hört man auch nichts“, mischte sich Jörg ins Gespräch ein.

„Was möchtest du denn hören?“

„Na, komm schon. Wie ist er so?“, fragte Jörg und knuffte sie kameradschaftlich in dem Oberarm.

Anke schnaubte. „Besser als erwartet.“

Heinz stellte seinen Becher ab und beugte sich zu Anke. „Das ist nicht dein Ernst.“

„Ich denke, ihr solltet ihm eine Chance ...“

Weiter kam sie nicht. Ubbo stürmte herein und zog dabei seine dunkelblaue Daunenjacke an.

Heinz und Jörg sahen sich gegenseitig an und tauschten stumme Blicke. Ubbo schenkte ihnen ein Lächeln.

„Keine Panik. Bleibt sitzen. Meine Anwesenheit soll niemanden verscheuchen. Ich bin sofort wieder draußen.“

Anke war die nonverbale Kommunikation ihrer Kollegen nicht entgangen. Sie zog ihre Augen zu schmalen Schlitzen zusammen und fixierte sie mit ihrem Blick. Die beiden erkannten die Wut in ihren Augen und schauten schuldbewusst nach unten.

An Anke gewandt, sagte Ubbo: „Ich bin auf dem Weg zu Felix Schönfelder. Kommst du mit oder soll ich dir später alles berichten?“

Anke kippte hastig ihren Kaffee hinunter und sprang auf. „Bin dabei. Tschüs, Jungs.“

Schon war sie draußen, holte sich ihren Wintermantel und ließ sich auf der Fahrt zu den Schönfelders auf den neuesten Stand bringen.

„Es gibt einige Neuigkeiten. Ich habe das Detektivbüro ausfindig gemacht, das Julia Brink beschattet hat. Detektei Timpen. Da konnte ich keinen erreichen, ich versuche es später nochmal. Hast du schon mal von denen gehört?“

Ubbo blickte zu Anke, die den Wagen zügig durch den Stadtverkehr lenkte und die Frage nur mit einem Achselzucken bedachte. „Bin gespannt, was die Detektei beobachtet und wer sie beauftragt hat. Wie dem auch sei, kommen wir zu Felix Schönfelder. Der wohnt für ein paar Tage bei seinen Eltern. Ich hatte seinen Arbeitgeber in Frankfurt am Montag kontaktiert und gerade kam die Antwort.“

Ubbo wartete, bis Anke sich erbarmte, ihm einen Seitenblick zuzuwerfen.

„Jetzt sag schon“, fauchte sie.

Zufrieden grinste er sie an und erklärte triumphierend: „Firmenwagen und Firmenhandy waren praktischerweise mit einem GPS-Ortungssystem ausgestattet. Im Falle eines Diebstahls, du weißt schon. Laut GPS hielt sich Felix Schönfelder am Tatabend in Münster in Tatortnähe auf.“

Anke schüttelte den Kopf. „Der weiß doch, dass sein Handy und das Fahrzeug damit ausgerüstet sind.“

„Es muss, wenn überhaupt, keine geplante Tat gewesen sein. Der Wagen stand jedenfalls auf dem Schlossparkplatz, und zwar die ganze Nacht. Das Handy wurde um 16:37 Uhr ausgeschaltet und erst am nächsten Tag wieder eingeschaltet. Sein letzter

Standort war ebenfalls der Schlossparkplatz. Das heißt, es gibt Klärungsbedarf." Ubbo beendete seine Ausführungen.

„Ich bin immer wieder entsetzt über die grenzenlose Dummheit der Menschen", kommentierte Anke.

„Dummheit kennt keine Grenzen, aber verdammt viele Leute", erklärte Ubbo. „Hast du dir den Autopsiebericht durchgelesen?", fragte er.

„Klar. Todeszeitpunkt zwischen 17 und 22 Uhr am Donnerstag. Keine Spuren unter den Fingernägeln, leider. Ich hatte auf Abwehrverletzungen und DNA-Spuren gehofft. Vermutlich wurde Julia nur kurz gewürgt, fiel hintenüber und stieß mit dem Hinterkopf gegen die Tischkante. Das erklärt das Fehlen von Gegenwehr. Sie war zu dem Zeitpunkt bewusstlos und starb durch Ersticken, vermutlich durch ein Kissen. Man fand entsprechende Spuren im Rachenraum und in der Lunge. Dafür spricht auch das gebrochene Nasenbein. Da hat wohl einer sehr fest zugedrückt."

Anke seufzte. „Keins der Kissen vom Tatort kommt für den Mord in Betracht. Der Täter wird es mitgenommen haben, um keine Spuren zu hinterlassen. Weshalb fragst du nach dem Bericht?"

„Beim Erwürgen würde ich immer auf einen männlichen Täter tippen. Um mit seinen Händen die Stimmritze im Kehlkopf solange zuzudrücken, bis einer erstickt, das kostet Kraft. Fünf bis zehn Minuten bei entsprechender Gegenwehr können lang werden.

Beim Ersticken mit einem Kissen kommt genauso gut eine Täterin in Frage“, erklärte Ubbo.

„Das ist kein hilfreicher Gedanke. Er reduziert unseren möglichen Täterkreis nicht, sondern erweitert ihn“, erwiderte Anke genervt.

„Das ist nicht meine Schuld. Aber eine andere Kleinigkeit aus dem Bericht fand ich bemerkenswert.“

„Die verblassten Hämatome an Julias Oberarmen?“, mutmaßte Anke.

„Ganz genau.“

„Du denkst, die könnten von Felix Schönfelder stammen?“

„Ich denke, wir sollten ihn danach fragen“, empfahl Ubbo.

An der Stadtvilla der Schönfelders angekommen, öffnete Felix ihnen die einflügelige Massivholztür und bat die beiden Kommissare unaufgefordert herein. Mit dunklen Schatten unter den Augen begrüßte er sie und geleitete sie ohne Zögern ins Wohnzimmer seiner Eltern. Wortlos zeigte er auf die Couchgarnitur und stellte sich selbst mit hängenden Schultern an das große Panoramafenster.

Felix Schönfelder vergrub seine Hände in den Taschen seiner schwarzen Anzugshose und starrte nach draußen. Der Regen hatte aufgehört. Nur kleine Pfützen auf der Terrasse erinnerten an die Niederschläge der vergangenen Tage. Alles im Garten war ordentlich zurechtgestutzt und das letzte Blatt aufgesammelt.

Ubbo verzichtete auf eine Sitzgelegenheit und stellte sich neben ihn. „Herr Schönfelder, bei Ihrer Zeugenaussage gaben Sie zu Protokoll, dass Sie sich am Tatabend nicht in Münster, sondern ihrem jetzigen Wohnort Frankfurt aufgehalten haben." Ubbo wartete schweigend.

Julias Verlobter sah beharrlich weiter nach draußen. Nur das beständige Ticken der antiken Standuhr im Wohnzimmer der Familie war zu hören.

„Möchten Sie ihre Aussage korrigieren oder etwas hinzufügen?"

Felix Schönfelder holte tief Luft, drehte sich zu Ubbo und straffte seine Schultern. Mit resignierter Stimme erklärte er: „Das war gelogen. Ich war seit dem Nachmittag in Münster. Ursprünglich wollte ich Julia besuchen und mit ihr über alles reden." Er schloss seine Augen und erzählte leise weiter. „Ich war in ihrer Straße. Vor dem Haus blieb ich stehen, zückte meinen Schlüssel. Aber dann änderte ich meine Pläne und bin weggegangen. Das war etwa um 17:50 Uhr. Vielleicht auch ein paar Minuten früher." Felix Schönfelder schluckte hart.

Anke sah seinen Adamsapfel auf und ab hüpfen. Sie spürte förmlich, wie er um Fassung rang. Seine Haltung blieb aufrecht und sein Blick auf Ubbo gerichtet. Sie sah, wie er in seiner Hosentasche seine Hand zur Faust ballte.

„Ich habe es Ihnen nicht gesagt, weil ich es mir selbst nicht vergeben kann. Hätte ich unseren Streit rechtzeitig am Donnerstagnachmittag beigelegt, wäre das alles nicht passiert."

„Der Streit zwischen Ihnen und Julia, wann war der und worum ging es?", fragte Ubbo.

„Das war nach unserem Besuch beim Immobilienmakler am Anfang der Woche. Der Makler Michael Meiman war der Exfreund meiner Verlobten. Das haben Sie wahrscheinlich bereits bei Ihren Ermittlungen herausgefunden. Es war schon Jahre her, aber die beiden wirkten nicht wie Expartner. Ich meine Julia und Michael. In unserem Streit ging es darum, wer sich von wem getrennt hat. Völlig unwichtig, nicht wahr?" Felix Schönfelder wischte verstohlen eine Träne von seiner Wange.

„Julia hatte alte Hämatome an ihren Oberarmen. Stammen die von Ihnen?", fragte Ubbo unerbittlich nach.

Felix Schönfelder lehnte seine Stirn an die große Fensterscheibe und schwieg für ein paar Sekunden. Dann stellte er sich aufrecht hin, atmete zitternd ein und nickte.

„Bei dem Streit habe ich Julia festgehalten. Mir war nicht klar, dass ich Hämatome verursacht habe." Er räusperte sich und mit belegter Stimme fuhr er fort. „Ich habe Julia nicht getötet. Ich habe sie geliebt. Den Streit mit ihr, meine Unversöhnlichkeit, das werde ich für den Rest meines Lebens bereuen. Ich war eifersüchtig auf einen Exfreund, den Julia seit Jahren nicht mehr gesehen hatte. Das klingt verrückt, oder?", fragte Felix Schönfelder. Ohne eine Antwort abzuwarten, redete er weiter. „Sie hätten die beiden erleben müssen. Michael Meiman konnte seinen gierigen Blick gar nicht von ihr nehmen. Und sie konnte mir nicht in die Augen schauen“, erklärte er aufgebracht.

„Bei dem Streit, was ist da genau passiert?“, hakte Anke mit sanfter Stimme nach.

„Ich wollte Julia nicht wehtun, das müssen Sie mir glauben. Ich wusste nicht, dass ich derart fest zugepackt hatte, dass sie blaue Flecken bekommen hat. Das tut mir so leid.“

Unaufhaltsam liefen seine Tränen die Wangen hinunter und tropften von seinem Kinn auf den Boden. Felix sah Anke an. „Mit Ihrem Besuch habe ich gerechnet. Dort auf dem Beistelltisch liegt ein Zettel für sie.“ Mit einer auffordernden Kopfbewegung wies er auf einen kleinen gläsernen Tisch neben der Couch hin.

Anke nahm den Zettel und faltete ihn auseinander.

„Dort stehen die Lokale, in denen ich an dem Abend war, und die Uhrzeiten. Zumindest die, an die ich mich noch erinnere. Außerdem habe ich den Namen des Taxiunternehmens aufgeschrieben, von dem ich nach Hause gefahren wurde. Eine Quittung konnte ich nicht finden. Vermutlich habe ich mir keine geben lassen. Ich kann mich nicht mehr an alles erinnern.“

„Wir werden das überprüfen, Herr Schönfelder. Ihnen ist klar, dass Sie mit ihren falschen Angaben verdächtig erscheinen, oder?", fragte Anke und steckte den Zettel in ihre Tasche.

Mit zusammengepressten Lippen nickte Felix Schönfelder. „War das alles?", fragte er betreten.

„Nein, das war nicht alles", erwiderte Anke unwirsch. „Was ist mit Julias Verfolgung? Möchten Sie dazu etwas sagen?"

Felix Schönfelder nahm seine Hände aus den Hosentaschen und hielt sie Anke abwehrend entgegen. „Wow, ich fühle mich mies genug wegen der ungenutzten Chance, die Tat zu verhindern, und dem Streit mit Julia. Mehr habe ich mir nicht zuschulden kommen lassen. Mit dem Mord oder der Verfolgung habe ich nichts zu tun."

Anke sah ihn durchdringend an.

„Sie haben mein Ehrenwort. Ich habe Julia nicht verfolgt. Wir haben uns in der Woche ihres Todes gestritten – heftig gestritten. Aber als ich am Donnerstag zur Wohnung kam, war ich bereit, mich zu versöhnen. Ich bin nur nicht zu ihr gegangen, weil ich Angst hatte, sie würde sich für den anderen entscheiden."

„Sagt Ihnen der Name ‚Detektivbüro Timpen' etwas?", fragte Ubbo.

Felix Schönfelder drehte sich zu ihm um und schaute ihn verwundert an. Seine Stirn war in Falten gelegt und er strich sich fahrig mit seiner Hand über die Schläfe. „Was soll die Frage?"

Anke und Ubbo schwiegen beharrlich und beobachteten ihn aufmerksam.

„Timpen, sagten Sie?“, wiederholte er und stürmte unerwartet in Richtung Wohnzimmertür, verharrte kurz, riss sie dann energisch auf und schrie: „Mutter, kommst du bitte ins Wohnzimmer?“

Ubbo flüsterte: „Jetzt bin ich aber gespannt.“

Anke nickte. „Ich auch.“

Nur Sekunden später betrat Elvira Schönfelder ihr Wohnzimmer. Tadellos gekleidet mit einem cremefarbenen Outfit, das sowohl modern als auch elegant wirkte, blieb sie in der Mitte des Raums stehen. Mit einem beiläufigen Kopfnicken begrüßte sie Anke und Ubbo. Doch ihre Aufmerksamkeit galt nur ihrem Sohn.

„Mutter!“

Anke bekam Gänsehaut bei dieser eisig kalten Ansprache. Sie sah den unverhohlenen Zorn in den Augen von Felix Schönfelder. Er hielt seine Mutter am Oberarm umklammert und durchbohrte sie förmlich mit seinem Blick.

Elvira Schönfelder wand sich aus seinem Griff, kniff die Augen zusammen und hob ihr Kinn. Mit einer Hand strich sie ihr ordentlich frisiertes Haar glatt, während die andere ihre Bluse zurechtzupfte.

„Die Beamten suchen denjenigen, der Julia in den Tagen vor ihrem Mord verfolgt hat. Dabei fiel der Name ‚Detektei Timpen‘.“ Felix Schönfelder zischte die letzten Worte zwischen zusammengebissenen Zähnen hervor.

Elvira Schönfelder schürzte ihre Lippen und verschränkte ihre Arme.

„Mutter", warnte ihr Sohn leise. „Wir wissen beide, dass du diese Detektei schon einmal für deine Zwecke genutzt hast."

Elviras Augen sprühten förmlich.

Anke sah ihr an, wie sehr sie sich über ihren Sohn ärgerte.

Elvira Schönfelder nahm auf der Kante der Couch Platz und strich sich mit ihren Fingern über die Oberschenkel. Dann faltete sie ihre Hände und legte sie auf ihren Schoß. „Setz dich, Felix" wies sie ihren Sohn an.

Der stellte sich ans Fenster zurück und kehrte ihr den Rücken zu. Elvira Schönfelder wandte ihren Blick Anke zu und sagte:

„In der Vergangenheit hat die Detektei Timpen den einen oder anderen Auftrag von mir erhalten." Elvira Schönfelder reckte ihr Kinn und saß kerzengerade. Ein kurzer Sonnenstrahl, der sich durch das Grau der Wolken gekämpft hatte, huschte über ihr Gesicht und ließ sie blinzeln. „Ich habe Julia für wenige Tage beschatten lassen. Die Observierung endete am Tag vor ihrer Ermordung. Anderenfalls hätte ich mich umgehend mit Ihnen in Verbindung gesetzt."

Anke schnappte hörbar nach Luft.

„Frau Schönfelder, sehe ich das richtig? Sie haben das Mordopfer beschatten lassen und sahen keine Veranlassung, die Polizei davon zu unterrichten?", fasste sie gereizt zusammen.

Frau Schönfelder ignorierte Anke und drehte sich zu Ubbo herum. „Die Arbeit der Detektei Timpen steht in keinem Zusammenhang mit dem Mord", konstatierte sie.

„Darüber würden wir uns gerne selber ein Urteil bilden, Frau Schönfelder. Leiten Sie bitte umgehend alle Berichte der Detektei an uns weiter."

„Warum haben Sie Julia beschatten lassen?", fragte Anke und sah, dass Felix Schönfelder unmerklich zusammenzuckte.

Frau Schönfelder atmete geräuschvoll aus und sah Anke aus schmalen Augen an. „Die Hochzeitspläne meines Sohnes stießen bei mir nicht auf überschwängliche Begeisterung."

Ruckartig drehte sich Felix Schönfelder zu seiner Mutter um. „Wann hat jemals irgendetwas, das ich getan habe, deine Begeisterung oder auch nur Zustimmung hervorgerufen, Mutter?", herrschte er sie an.

Elvira Schönfelder schwieg, als ob sie die Anklage ihres Sohnes nicht vernommen hätte.

„Los, sag ihnen, was du gegen Julia hattest. Mir hast du es auch bei jedem meiner Besuche gesagt", brüllte ihr Sohn.

„Felix, lass uns das in Ruhe besprechen, unter vier Augen."

Frustriert schüttelte Felix seinen Kopf und ging ohne ein weiteres Wort aus dem Wohnzimmer.

„Frau Schönfelder, dies ist keine Sache, die Sie nur mit ihrem Sohn besprechen müssen. Wir wollen auch wissen, wie es zu der Beschattung kam. Was hatten Sie gegen ihre zukünftige Schwiegertochter?", fragte Ubbo ruhig, aber beharrlich nach.

„Sie passte nicht zu meinem Sohn“, erklärte sie unumwunden.

Anke öffnete ihren Mund, um nachzuhaken. Frau Schönfelder hob ihre Hand und gebot ihr, zu schweigen. Perplex tat sie genau das.

Ubbo legte seinen Kopf schief und sah seine Kollegin überrascht an. Bevor Anke sich gefasst hatte, stand Frau Schönfelder auf.

„Ich habe Ihnen nichts Weiteres zu sagen. Sollten Sie noch Fragen haben, kontaktieren Sie bitte meinen Anwalt Dr. Kuhlmann. Wenn Sie jetzt bitte gehen würden.“ Mit eisiger Miene geleitete sie die Kriminalkommissare hinaus.

Anke dachte nach. Julia Brink war Elvira Schönfelder nicht gut genug. Zur Tatzeit war sie an Julias Wohnung gesehen worden. Könnte Felix' Mutter Julia ermordet haben? Und was war mit dem Verlobten? Er war eifersüchtig und ob er ein Alibi hatte, das musste erst noch geklärt werden.

Kapitel 18

Kati humpelte durch die Eingangshalle des Landgerichts. Diesmal hatte sie ihre Krücken zu Hause gelassen – genau genommen in der Doppelhaushälfte ihrer Schwester Monika. Ihr Knöchel war noch etwas geschwollen und trug die Farben eines schillernden Regenbogens. Aber der Schmerz wurde mit jedem Tag erträglicher. Kati wollte Richter Meyer lieber ohne Krücken gegenübertreten. Sie fühlte sich ohnehin unwohl in seiner Gegenwart und dieses Gefühl verstärkte sich, wenn sie sich unbeholfen fortbewegte. Auch die Eingangskontrolle und der Gang durch den Metalldetektorrahmen ließen sich ohne Krücken leichter handhaben. Die Taschen der Kleidung mussten geleert, der Rucksack geöffnet und vorgezeigt werden. Bei ihrem letzten Besuch im Gerichtsgebäude hatte sie mit ihren Gehstützen so lange gebraucht, dass sich hinter ihr eine ungeduldige Schlange gebildet hatte. Daher nahm sie den Schmerz beim Auftreten des verletzten Fußes hin und freute sich darüber, zwei einsatzbereite Hände zu haben, die nicht mit dem Festhalten von Gehhilfen beschäftigt waren. Kati biss die Zähne zusammen und marschierte in Richtung Fahrstuhl. Gerade, als sie ihn erreicht hatte, öffneten sich die Türen und Julias Schulfreundin Nicole stand ihr gegenüber.

Die grinste sie gutgelaunt an. „Na, das ist ja ein Zufall. Münster ist ein Dorf, ich sage es ja immer. Was machst du denn hier?"

„Ich bin als Rechtsreferendarin einem der Richter für sechs Monate zugeteilt. Und du?"

„Ich arbeite für eine Versicherung. Habe ich dir ja schon erzählt. Heute Morgen musste ich als Zeugin in einem Fall von Versicherungsbetrug aussagen. Nichts Spannendes. Wie sieht's aus? Hättest zu Zeit für einen Kaffee oben in der Cafeteria?"

Das bot Kati die Möglichkeit, die Wartezeit bis zu dem Termin mit ihrem Richter zu überbrücken. Bereitwillig stimmte sie zu und folgte Nicole gutgelaunt in die Cafeteria. Sie gönnte sich einen Latte macchiato. Genüsslich kostete sie den Milchschaum und entspannte sich. Nicole, quirlig, wie Kati sie in Erinnerung hatte, redete ohne Punkt und Komma. Sie berichtete von dem öden Versicherungsprozess, der, soweit Kati es beurteilen konnte, wirklich langweilig war. Dann informierte Julias Schulfreundin sie ausgiebig über ihre Wochenendpläne und strahlte sie voller Vorfreude an. Ihre gute Laune war ansteckend. Unwillkürlich stellte sich Kati Nicole neben Felix Schönfelder vor. Der konservative Miesepeter und das übersprühende, ein wenig geschwätzige Energiebündel.

Was machte Nicole so attraktiv, fragte sich Kati und schaute sich ihre Gesprächspartnerin etwas genauer an. Ihr Haar war seidig. Allerdings war die Nase ein wenig zu groß und ihr Kinn eine Spur zu kantig. Ihr Lachen, das war es, und der melodische Klang ihrer Stimme. Zufrieden mit ihrem Urteil lauschte sie Nicoles Schilderung über die Pläne für den Abend.

Mitten in Nicoles Monolog platzte es aus Kati heraus: „Gut, dass es mit dir und Felix nichts geworden ist. Der wirkt auf mich so gar nicht sympathisch oder freundlich."

Überrascht brach Nicole ihre Ausführungen ab. „Wie kommst du denn jetzt darauf?", hakte sie lachend nach und beugte sich zu ihr hinüber.

„Ich bin ihm in den letzten Tagen begegnet. Freundlichkeit gehört nicht zu seinen hervorstechenden Eigenschaften. Und neben Michael Meiman sieht er auch nur durchschnittlich gut aus", lästerte Kati weiter.

Nicole prustete los. „Michael ist aber auch optisch ein Sahneschnittchen. Jemanden mit ihm zu vergleichen ist unfair. Felix ist im Moment neben der Spur. Eigentlich ist der ganz nett."

„Nett. Da haben wir es. Michael Meiman wirkt mehr als nett. Ich hatte ihn kurz in Verdacht, in den Mordfall verstrickt zu sein, aber laut der Polizei hat er ein wasserdichtes Alibi. Er war zur Tatzeit in einem Meeting in Dortmund. Der Kunde hieß übrigens Bazille. Verrückt, was man sich für unwichtige Details merkt. Als mir das Alibi genannt wurde, brannte sich der Name förmlich in mein Gedächtnis ein. Den Nachnamen hatte ich noch nie gehört."

„Aber ich", erwiderte Nicole triumphierend. „Der Name ist so ungewöhnlich, den habe ich mir auch gemerkt. Auf dem Firmengelände dieses Kunden hat Michael seinen 18. Geburtstag gefeiert. Bazille, das ist sein Onkel. Das Alibi kann trotzdem korrekt sein. Nicht, dass du das falsch verstehst. Die Polizei hat sicher Michaels Handydaten ausgewertet."

„Ja, klar", murmelte Kati nachdenklich und trank dabei den letzten Schluck ihres Latte macchiatos.

„Das war eine Party damals. Mann, haben wir gefeiert. Die Oberstufenzeit gehört zur schönsten und unbeschwertesten Zeit meines Lebens. Na, gucken wir mal, was noch so kommt." Sie gab Erinnerungen von der Party zum Besten, lachte und redete.

Kati bekam nur am Rande mit, was Nicole erzählte. Sie war damit beschäftigt, über Michael Meimans Alibi nachzudenken.

Nicole riss sie aus ihren Gedanken. „Vielleicht können wir uns nächste Woche auf einen Cocktail treffen. Einen Münsterländer Aperitif im A2 am Aasee?", schlug sie vor und schob Kati ihre Visitenkarte über den Tisch zu. Dabei stand sie auf und zog graziös ihren braunen Wollmantel über.

„Gerne", antworte Kati automatisch und bemerkte überrascht, dass sie es auch so meinte. Die Aussicht auf einen feuchtfröhlichen Abend mit Nicole hob ihre

Laune. Klar redete die viel, aber das empfand sie als erfrischend.

„Ich rufe dich nach dem Wochenende an. Dann können wir einen Termin vereinbaren", versprach Kati.

Winkend machte sich Nicole auf den Weg. Kati blieb einen Moment sitzen und überlegte, ob das Alibi von Michael Meiman falsch sein könnte. Ob sie es der Polizei mitteilen sollte? Ihr kam Polizeikommissarin Anke Breider in den Sinn und sie schüttelte vehement den Kopf. Was sollte sie mit der neugewonnenen Information anfangen? Unschlüssig starrte Kati aus dem Fenster.

Kapitel 19

Katis Termin im Immobilienbüro Meiman & Meiman war für 19 Uhr angesetzt. Von diesem Treffen mit Meiman Senior versprach sie sich wenig. Aber einen Hoffnungsschimmer, den gab es. Kati hatte voller Begeisterung die Exposés für Julia und Felix Schönfelder durchgeblättert. Bei dem Blick auf die Preise hatte sie fast einen Herzstillstand erlitten. Das waren eindeutig Luxusimmobilien. Sie hingegen suchte eine kleine Mietwohnung, zentral und günstig. Trotzdem hatte sie einen Termin vereinbart. Sie wollte sich eine Beratung nicht entgehen lassen. Und wer weiß, vielleicht ließ sich das Gespräch auf Michael Meiman und sein Alibi lenken. Sie war auf jeden Fall gesprächsbereit.

Kati stand in der Königsstraße vor dem Büro, allerdings dreißig Minuten zu früh. Sie beschloss, sich schnell einen Kaffee zu gönnen, und huschte ins Café Extrablatt. Kaffeeduft erfüllte den Raum und hinter der Theke war das blubbernde Geräusch des Kaffeevollautomaten zu hören. Kati setzte sich an einen kleinen Bistrotisch und blätterte noch einmal sehnsüchtig durch die Exposés, die sie heute wieder abgeben musste. 5-Zimmer-Wohnung mit Dachterrasse im Mauritzviertel oder 6-Zimmer-Wohnung mit Loftcharakter im Erphoviertel. Sie war begeistert und strich ehrfurchtsvoll über die Hochglanzbilder der Apartments.

Drei Exposés gab es, eins schöner als das andere. Jedes in einer eigenen Mappe und in zwei großen Briefumschlägen mit separatem Anschreiben an Felix Schönfelder. Gedankenverloren überflog Kati den ersten Brief. Sie nahm das zweite Schreiben zur Hand und war mit einem Schlag hellwach, wie elektrisiert. Ungläubig las sie erneut das Begleitschreiben.

Hektisch suchte sie nach ihrem Handy. Den Kellner, der ihre Bestellung aufnehmen wollte, ignorierte sie. Gleichzeitig stopfte sie alle Papiere vom Tisch in ihre Tasche und lief nach draußen. Mit zittrigen Fingern rief Kati Ubbo an und wartete gespannt. Doch niemand nahm ihren Anruf entgegen. Sie versuchte es erneut, und dann nochmal. Ihre Gedanken überschlugen sich und ihre Nerven lagen blank.

„Jetzt nicht“, brüllte Ubbo ins Handy.

Kati zuckte erschrocken zusammen.

„Anke und ich stehen unmittelbar vor einem Zugriff. Wir warten nur noch auf den Haftbefehl. Ich kann jetzt nicht reden.“

„Es ist, glaube ich, wichtig. Es hat mit dem Mordfall zu tun“, erklärte Kati verunsichert.

Frustriert seufzte Ubbo. „Ich melde mich, sobald ich kann, versprochen.“

In dem Moment hörte Kati im Hintergrund Ankes Stimme, die verkündete: „Ich habe den Haftbefehl. Es kann losgehen.“

Ohne ein weiteres Wort beendete Ubbo das Gespräch.

Fassungslos starrte Kati auf ihr Smartphone. Dann verstaute sie es mit fahrigen Fingern in ihrer Tasche. Regen lag in der Luft und sie zog ihren Mantel um ihre Taille. Sie überlegte fieberhaft, was das Gelesene bedeuten könnte und wie sie sich verhalten sollte. Sie könnte ihren Termin bei Lutz Meiman verschieben. Das wäre vermutlich das Klügste. Sie würde Ubbo später in Ruhe ihre Entdeckung mitteilen. Ihr fiel ein, wie Anke und Ubbo das letzte Mal auf ihre Vermutungen reagiert hatten, und sie verwarf diese Option. Die beiden wollten keine Theorien, sondern Beweise.

„Die sollen sie bekommen“, flüsterte Kati und reckte ihr Kinn nach oben. Sie nahm ihr Handy erneut zur Hand und aktivierte ihre Sprachmemo-App, um ihren Besuch im Maklerbüro aufzunehmen. Danach ging sie entschlossen zum Maklerbüro der Meimans, atmete noch einmal tief durch und betrat den Empfangsbereich.

Die Sekretärin schenkte ihr ein geschäftsmäßiges Lächeln und begrüßte sie. Kati erhielt die Auskunft, sich einen Moment zu gedulden. Herr Meiman habe gleich Zeit für sie.

Kati zögerte einen winzigen Augenblick. Dann lehnte sie sich an den Tresen, hinter dem die Sekretärin saß. Sie las das Namenschild der Schreibkraft und begann ein Gespräch. „Frau Lessing, Sie wissen vielleicht, was mit Julia Brink geschehen ist."

„Ich habe davon gehört", erwiderte sie. „Furchtbar."

„Julia war eine Freundin von mir", log Kati und eine zarte Röte überzog ihr Gesicht.

„Das tut mir leid." Mitfühlend betrachtete Frau Lessing Kati und spielte gedankenverloren mit ihrer langen Perlenkette.

„Julias Verlobter Felix Schönfelder gab mir die Exposés von Meiman & Meiman. Felix war erstaunt darüber, dass am Freitag, am Tag nach Julias Tod, um 17 Uhr ein Treffen geplant war. Ihn hatte keiner informiert, sagte er mir", behauptete Kati. Sie schwieg einen Moment und fuhr dann mit einer weiteren Lüge fort: „Julias Mutter erzählte mir, das Treffen hätte Donnerstagabend, nicht am Freitagnachmittag stattfinden sollen." Gespannt wartete Kati auf Frau Lessing Reaktion.

Die lächelte entspannt und erklärte: „Die Termine ändern sich oft. Ursprünglich war der Junior, Herr Michael Meiman, mit der Vermittlung betraut. Der hatte einen Übergabetermin für ein Exposé für den Freitagnachmittag vereinbart. Das kann gut sein, dass Herr Schönfelder darüber nicht informiert war. Ich habe diesen Termin nicht festgelegt, sondern Herr Meiman persönlich. Donnerstagnachmittag bat mich der Senior, das Exposé nebst Anschreiben fertigzustellen. Ich sollte bei Julia Brink anrufen und ihr mitteilen, dass es noch am selben Tag bei ihr hereingereicht würde." Frau Lessing hielt einen Moment inne. „Herr Meiman hat es dann aber an diesem Donnerstagabend doch nicht mehr geschafft, dort vorbeizufahren. Traurig, nicht wahr? Meinen Sie, sein Besuch hätte die Tat verhindern können?", fragte sie nachdenklich.

Bevor Kati antworten konnte, stürmte Michael Meiman zur Eingangstür hinein. Kati fuhr erschrocken zusammen.

„Tschuldigung", murmelte Michael. An Frau Lessing gewandt erklärte er: „Ich habe mein Handy liegengelassen. Ich hole es nur schnell und bin wieder weg." Er eilte in sein Büro und tauchte Sekunden später wieder auf. Mit eiligen Schritten trat er zur Tür. Gerade als er die Eingangstür öffnen wollte, erstarrte seine Hand mitten in der Bewegung. Er drehte sich langsam zu Kati um, neigte seinen Kopf leicht zur Seite und sah sie forschend an.

Kati durchfuhr ein Adrenalinstoß bis in die Fingerspitzen.

„Sie kommen mir bekannt vor. Woher müsste ich Sie kennen?", fragte er und legte seine Stirn in Falten.

„Äh", murmelte Kati.

Eifrig schaltete sich Frau Lessing ein. „Sie war eine Freundin von Julia Brink."

Kati schloss ihre Augen und schluckte trocken.

Michael Meiman trat auf sie zu. „Ich habe sie auf der Beerdigung gesehen."

Kati zwang sich, ihm in die Augen zu sehen, und setzte ein Lächeln auf. „Ja, das stimmt", antwortete sie mit belegter Stimme und räusperte sich. Mehr wollte sie nicht sagen.

Michael runzelte die Stirn und wartete anscheinend darauf, dass sie etwas hinzufügen würde, aber sie blieb stumm. Irritiert pendelte sein Blick zwischen ihr und Frau Lessing hin und her.

Kati sah, wie sein Gehirn auf Hochtouren arbeitete. Bestimmt wollte er wissen, was sie mit Frau Lessing besprochen hatte.

Er schürzte seine Lippen.

Kati lächelte tapfer weiter. Ihre Finger fühlten sich eiskalt an und ihr Körper war vor Anspannung stocksteif.

Michael zeigte mit dem Zeigefinger auf sie. „Sie waren dort. Mit Krücken. Richtig." Er sah sie einen Augenblick an, dann fiel sein Blick auf das Handy in seiner anderen Hand und seufzte. „Wie auch immer", murmelte er, zögerte kurz und fügte etwas lauter hinzu: „Ich muss los. Schönes Wochenende Ihnen beiden!" Schwungvoll wandte er sich dem Ausgang zu, und ohne ein weiteres Wort war er draußen.

Kati holte vorsichtig Luft. Sie wünschte sich einen Moment Zeit, um ihre Gedanken zu sortieren und die neu erworbenen Informationen zu bewerten. Doch im selben Augenblick öffnete sich die Bürotür von Lutz Meiman. Er ignorierte Kati, sah stattdessen seine Sekretärin an und stutzte.

„Frau Lessing, Sie sind noch hier? Sollten Sie nicht schon längst Feierabend haben?", tadelte er. „Tztztz", murmelte er, schüttelte seinen Kopf und brachte so seine Missbilligung zum Ausdruck.

Frau Lessing wurde rot und beeilte sich, ihren Schreibtisch zu verlassen. „Ich dachte“, fing sie an, sich zu rechtfertigen.

„Denken Sie nicht, dafür werden Sie nicht bezahlt.“ Jovial lachte er über seinen vermeintlichen Witz.

Kati sah zu, wie sich Frau Lessing ihren Mantel überwarf und einen Abschiedsgruß murmelte. Sie erwiderte nichts. In ihr überschlugen sich die Gedanken. In ihrer Tasche befand sich ein Exposé mit einem Anschreiben, datiert auf den Todestag von Julia. Lutz Meiman wollte es dem Opfer am Abend ihres Todes vorbeibringen. Und hatte es auch getan. Den Beweis hatte sie in ihrer Handtasche. Gab es dafür eine harmlose Erklärung?

Kati hörte die Eingangstür hinter Frau Lessing ins Schloss fallen und sah Lutz Meiman abschließen. Das Geräusch des im Schloss gedrehten Schlüssels verursachte ihr Übelkeit. Sie spürte, wie ihr Magen rebellierte.

Lutz Meiman sah sie an und lachte. „Schauen Sie nicht so entsetzt. Ich schließe ab, weil ihr Termin außerhalb der Geschäftszeiten liegt. Keine Angst. Haben Sie die Exposés dabei?“, fragte er und beobachtete sie.

Kati räusperte sich, um Zeit zu gewinnen. Sie versuchte, unbeschwert zu klingen. „Ich habe es schon ihrer Sekretärin gebeichtet“, erklärte sie, „Ich habe sie in der Eile zu Hause vergessen. Ihre Sekretärin sagte, das wäre nicht schlimm. Ich könne sie behalten. Solche Unterlagen würden nicht wiederverwendet." Kati wagte es kaum Lutz Meiman in die Augen zu schauen. Es kostete sie ihre ganze Kraft, ihre Aktentasche mit dem brisanten Inhalt nicht zu umklammern. Vielmehr bemühte sie sich darum, eine gelassene Körperhaltung anzunehmen. Sie zwang sich zu einem Lächeln.

Lutz Meiman sah sie forschend an. „Frau Hülsberg, Sie wirken nervös. Können Sie mir das erklären?"

„Ich fühle mich nicht wohl. Vielleicht sollten wir unseren Termin verschieben?" Kati wollte nur noch raus. Sie hatte einen Beweis in der Tasche. Alles Weitere sollte nun doch lieber die Polizei erledigen. Die wurden schließlich für Ermittlungsarbeiten ausgebildet und bezahlt.

„Was haben Sie mit meiner Sekretärin besprochen?", fragte der Seniorchef gereizt und unterbrach ihre Gedanken.

Kati schüttelte den Kopf. „Nichts", beteuerte sie.

Lutz Meiman fasste sie am Oberarm und bugsierte sie in sein Büro.

Kati fühlte sich wie in der Nacht der Verfolgung. Dabei hatte sie sich geschworen, nie wieder so panisch und schwach zu reagieren. Einatmen, ausatmen, befahl sie sich und erinnerte sich an ihr jahrelanges Krav-Maga-Training. Sie könnte Lutz Meiman mit Leichtigkeit besiegen, wenn die aufsteigende Panik ihr keinen Strich durch die Rechnung machen würde. Ein unsportlicher, leicht übergewichtiger

Mann war keine Bedrohung, sagte sie sich. Zuversicht keimte in ihr auf. Sie würde sich wehren, wenn es nötig wäre.

Kati hatte sich entschieden. Augenblicklich spürte sie Adrenalin durch ihren Körper pulsieren. Trotzig sah sie Lutz Meiman an. Der runzelte überrascht die Stirn.

„Sie waren am Tatabend bei Julia und ich kann es beweisen. Was ist passiert?“, fragte sie ohne Umschweife. Sie wollte Antworten auf ihre Fragen. Er sollte sehen, dass sie keine Angst mehr vor ihm hatte.

„Sie reden Unsinn“, brüllte er. Dabei lief ihm Speichel aus den Mundwinkeln. Wütend wischte er die Spucke mit dem Handrücken weg und starrte sie mit weit aufgerissenen Augen an.

„Wir beide wissen genau, weshalb Sie die Exposés zurückhaben wollen. Sie waren am Abend ihres Todes bei Julia und stritten mit ihr“, mutmaßte Kati. „Und genau das lässt sich mit dem Anschreiben beweisen.“ Wütend fixierte sie ihn. „Worum ging es bei dem Streit? Um die Vergangenheit? Kennen Sie den Trennungsgrund für die Beziehung zwischen Julia und ihrem Sohn? Was ist Julia damals zugestoßen?“, fragte Kati unerbittlich.

Lutz Meiman wendete sich ab und tat so, als hätte er die Fragen nicht gehört.

Kati gab nicht auf. „Glauben Sie wirklich, Julias Mutter schweigt weiter, wenn sie erfährt, dass Sie zur Tatzeit bei ihrer Tochter waren?“, schrie sie aufgebracht.

Blitzschnell drehte sich Lutz Meiman um. Seine Gesichtszüge waren seltsam verzerrt und seine Körperhaltung verkrampft.

Verunsichert blinzelte Kati und ging einen Schritt zurück. Sie hatte ihr Blatt überreizt.

„Du willst wissen, was passiert ist?“, brüllte er sie an. Er stieß Kati gegen die Wand und umschlang mit einer Hand ihren Hals. Während er zudrückte, erklärte er mit erregter Stimme: „Julia war schon immer ein hübsches Ding. Freundin meines Sohnes, pah, die haben nur geflirtet. Da lief nichts Ernstes.“

Lutz Meiman umklammerte ihren Hals wie ein Schraubstock. Kati war überrascht über das Ausmaß seiner Körperkraft. Seine andere Hand hatte er zur Faust geballt und hielt sie schlagbereit in die Höhe. „Mir schenkte Julia immer ein besonderes Lächeln. Na, du weißt schon.“ Er schleckte sich über seine Unterlippe und grinste Kati an.

Sie versuchte, ihr Gesicht abzuwenden, aber sein Griff um ihren Hals war unerbittlich. Ihre Bewegung führte nur zu einem unnatürlichen Röchelton, der aus ihrer Kehle stammte.

Lutz Meiman genoss sichtlich ihre Qual. Er drückte noch ein wenig fester zu. „Eines Nachts brachte Julia Michael nach Hause. Der war voll wie eine Haubitze. Wir hievten ihn zusammen ins Bett. Er schnarchte, bevor wir das Zimmer verließen. Was für eine Enttäuschung für die kleine Julia.“ Lutz Meiman feixte.

Kati konnte förmlich seine schmierigen Gedanken lesen. Der Druck auf ihren Hals ließ nach und sie bekam mehr Luft. Sollte sie jetzt versuchen, sich zu befreien? Der nächste Satz könnte schon ein Geständnis sein. Ein paar Sekunden halte ich es noch aus, beschloss Kati. Sie hoffte, es würde nicht ihre letzte Lebensentscheidung sein und rang keuchend um Atem.

„Ich gab Julia das, was sie wollte. Ich wollte es auch. Ein bisschen Spaß zu haben ist schließlich kein Verbrechen. Sie war wie ein wildes Kätzchen." Er zögerte kurz. „Julia war wie alle Frauen. Im Nachhinein gibt es immer Bedauern. Sie hat rumgeheult und geschrien. Und jetzt, nach all den Jahren, wollte diese kleine Hure Michael alles erzählen und zur Polizei gehen."

In seiner Wut drückte er unvermittelt mit all seiner Kraft ihren Hals zusammen, als wollte er eine Zitrone auspressen. Kati nahm seine vor Anstrengung verzerrte Grimasse nur noch nebulös wahr.

„Voller Vorfreude bin ich zu ihr gefahren. Wollte ihr am Donnerstagabend die Unterlagen geben und schauen, was sich an dem Abend noch so ergab. Aber wie eine Furie hat sie sich aufgeführt, sobald sie mich sah. Dachte, Michael brächte ihr die Exposés. Sie griff nach den Mappen und pfefferte sie auf die Kommode. Sie schrie, ich solle die Wohnung verlassen. Sie würde nicht länger schweigen. Felix und Michael hätten ein Recht darauf zu erfahren, was damals passiert war. Ich wollte nur, dass sie aufhörte zu kreischen. Ich folgte ihr ins Wohnzimmer und brachte sie zum Schweigen – für immer."

Kati konnte nicht mehr alles sehen. Ihr Gesichtsfeld war eingeschränkt. Sie dachte an ihr Jurastudium. In einer Vorlesung hatte ein Rechtsmediziner erklärt, was beim Erwürgen im Körper geschieht. Fünf bis zehn Minuten müsste der Täter zudrücken. Die Sinne würden schwinden, das Opfer würde seinen Darm entleeren und krampfen. Der Facharzt für forensische Medizin fände bei der Obduktion zahlreiche kleine Blutungen im Gesicht und in den Augen.

So wollte Kati nicht enden. Das sollten nicht ihre letzten Gedanken sein. Ihre letzten Sekunden sollten nicht der Vorlesung eines Rechtsmediziners und ihrem Darminhalt gelten. Kati hörte das Geständnis nur aus weiter Ferne. Es wurde von einem immer lauteren Summen in ihren Ohren übertönt.

Kapitel 20

Mit dem Haftbefehl in der Hand stürmten Ubbo und Anke los. Mit mehreren Dienstfahrzeugen machten sich die beiden zusammen mit ihren Kollegen auf den Weg. Um 19:00 Uhr waren alle Beteiligten auf ihren Positionen und bereit zum Zugriff.

Anke umklammerte die Waffe in ihrem Holster mit schwitzender Hand und warf Ubbo einen nervösen Blick zu. Er hingegen schien ernst und konzentriert. Er strahlte eine Ruhe und Sicherheit aus, um die sie ihn beneidete. Sie nickte ihm zu und presste ihre Lippen angespannt zusammen.

Hoffentlich kommt es nicht zu einem Schusswechsel, dachte sie. Die Sekunden vor einem Einsatz waren für sie die Schlimmsten. Die nervöse Anspannung, der Adrenalinpegel und das Wissen, nicht alles planen und kontrollieren zu können. Das kostete Anke Kraft. Sie holte noch einmal tief Luft. Dann gab sie Ubbo das Zeichen zum Zugriff.

Nur zwei Minuten später lag der Verdächtige bäuchlings auf dem Boden und die Handschellen schnappten auf seinem Rücken zu. Das vertraute Klicken beruhigte Anke.

Ubbo erklärte dem verdutzten Verdächtigen: „Sie sind wegen Mordverdachts vorläufig festgenommen."

„Mord? Seid ihr bekloppt?" Aufgeregt wand sich der Verhaftete auf dem feuchten Gras des Bremer Platzes, der hinter dem Bahnhof lag. Hier, am Treffpunkt der Junkies und Alkoholiker, versuchte Jan van Leyen sich unbeholfen aufzusetzen.

„Ich habe niemanden ermordet", schrie er mit so viel Eifer, dass Spucketröpfchen in alle Richtungen flogen.

Erschrocken riss Anke die Augen auf und trat angewidert einen Schritt zurück. Ihr Gesichtsausdruck entlockte Ubbo ein Lächeln, das sie mit einem wütenden Blick quittierte. An Jan van Leyen gerichtet sagte sie:

„Sie hätten nicht so gierig sein sollen. Dem Opfer Schmuck zu klauen und ihn dann umgehend zum Hehler zu bringen, ist mehr als dreist. Haben Sie tatsächlich geglaubt, wir würden nicht nach den Schmuckstücken suchen? Und unsere niederländischen Kollegen nicht um Amtshilfe bitten? Einen Hehler in Enschede aufzusuchen, direkt hinter der deutschen Grenze, das war keine Glanzleistung."

Jan van Leyen war blass geworden und biss sich auf seine ohnehin schon ramponierte Unterlippe. „Ich habe nichts geklaut und niemanden ermordet, du Schlampe!", brüllte er Anke an.

„Jetzt ist hier aber mal Schluss“, wies Ubbo den Verdächtigen scharf zurecht. „Deine Märchen kannst du uns gleich auf dem Polizeirevier auftischen.“

„Ich lüge nicht.“

„Wenn dumme Lügen blaue Flecken machen würden, wärst du ein Schlumpf“, kommentierte Anke trocken und wandte sich ab.

Ubbo half derweil dem Verdächtigen auf die Beine.

„Jetzt hört doch mal zu. Ich weiß, wer die Kleine umgebracht hat.“

„Wir auch“, erwiderte Anke.

Ubbo sah Jan van Leyen an. „Ich höre?“, ermunterte er ihn.

„Es war dieser Immobilienfuzzi, der alte Meiman“, erklärte Jan hektisch. Sein Blick huschte von Ubbo zu Anke.

Die wiederum schüttelte den Kopf. „Klar, und der Meiman hat dir dann den Schmuck geschenkt“, witzelte sie.

„Nee, er ist am Donnerstagabend aus dem Haus gerannt. Ich stand zufällig in der Nähe. So wie der nach rechts und links und ständig nach hinten geguckt hat, konnte man seine Angst förmlich riechen. Der hatte bestimmt die Hosen voll.“ Die Vorstellung entlockte Jan ein lautes Lachen, in das aber niemand mit einstimmen wollte.

Genervt schaute Ubbo ihn an.

„Ich habe ihn verfolgt, war neugierig. Er lief schnell in Richtung Promenade. Auf dem Weg hat er eine Tüte in einen Mülleimer geworfen. Die hab ich dann rausgefischt. Der hatte noch einen Beutel. Den hat er aber behalten", erzählte Jan und leckte mit seiner Zunge über seine vorderen Zähne. Dabei verursachte er ein schlürfendes Schmatzgeräusch, bei dem Anke vor Ekel erschauderte.

„Meiman? Lutz Meiman?" Verständnislos starrte Ubbo Jan van Leyen an. „Der Immobilienmakler Lutz Meiman ist am Tatabend vom Tatort geflohen und hat den Schmuck in eine Mülltonne geworfen. Sie sind ihm gefolgt und haben die Schmuckstücke genommen. Das ist doch absurd." Abrupt wechselte Ubbo das Thema und fragte unverhohlen: „Warum haben Sie Kati verfolgt?"

„Sie meinen die hübsche Blonde?"

Angewidert sah Ubbo ihn an und presste seine Kiefer zusammen.

„Das war Zufall. Ich habe das Immobilienbüro beobachtet. Als sie dort auftauchte, war ich neugierig. Ich wollte wissen, ob sie in die Sache verstrickt war. Überall tauchte die Kleine auf. Das ist doch kein Zufall."

„Warum haben Sie das Maklerbüro beobachtet?", fragte Anke nach.

Jan van Leyen lächelte und schnalzte mit der Zunge. „Was soll ich sagen? Wird man Zeuge eines Verbrechens, ergeben sich Geschäftsmöglichkeiten", erklärte er grinsend.

„Erpressung?", stieß Ubbo zwischen zusammengebissenen Zähnen hervor.

„Ich habe nur Möglichkeiten ausgelotet", erklärte Jan van Leyen provokant.

„Nicht alle Ratten leben in der Kanalisation", urteilte Anke. „Lass uns den Rest im Präsidium klären", sagte sie an Ubbo gerichtet und wollte sich auf den Weg machen.

Doch der stand versteinert da, in Gedanken vertieft und mit Sorgenfalten auf seinem Gesicht. „Lutz Meiman hatte kein Motiv."

„Wir nehmen die Aussage auf und morgen sehen wir weiter", schlug Anke vor.

„Wie spät ist es?"

Irritiert von dieser Frage, zuckte sie mit den Schultern. Sie sah in das ernste Gesicht ihres Kollegen und schaute dann auf ihrem Handy nach. „19:12 Uhr."

„Scheiße!", entfuhr es Ubbo und mit Riesenschritten lief er in Richtung Dienstwagen. „Jetzt komm schon, Anke!" , schrie er.

„Was ist los? Verpasst du gerade deine Lieblingssendung im Fernsehen?", witzelte sie.

Ubbo warf ihr einen vernichtenden Blick zu und sie setzte sich ohne weitere Fragen in Bewegung.

„Kati hat mich unmittelbar vor dem Einsatz angerufen. Ich habe ihren Anruf abgewürgt", erklärte Ubbo gepresst. Er sprang in den Wagen und raste los, noch bevor Anke ihre Wagentür zuziehen konnte. „Kati hat um 19 Uhr einen Termin bei Meiman & Meiman", erklärte Ubbo aufgebracht. Er versuchte sie zu erreichen und gleichzeitig den Wagen zu starten.

Genervt verdrehte Anke die Augen. „Gib schon her“, knurrte sie und schnappte sich das Handy. „Es nimmt keiner ab. Nur die Mailbox“, erklärte sie gereizt.

Ubbo fluchte und drückte das Gaspedal durch. „Versuch es weiter und ruf im Maklerbüro an.“ Vom Bremer Platz aus fuhr er mit 120 km/h die Wolbecker Straße entlang und über den Servatiiplatz links in die Von-Vincke-Straße. Mit quietschenden Reifen bog er in den Kreisverkehr ein. Es schien eine Ewigkeit zu dauern, bis er die Königsstraße erreichte. Schon von Weitem sahen sie die rotierenden Blaulichter eines Notarztwagens und zweier Polizeistreifen. Anke bemerkte, dass sich Ubbos Lippen lautlos bewegten. Er schien stumm zu beten.

Sie hoffte, dass sie nicht zu spät kamen. Ubbo bremste abrupt und sprang aus dem Wagen. Er rannte auf den Eingang des Hauses zu. Die Tür war nur angelehnt. Ein Uniformierter stand davor und versuchte, ihn aufzuhalten. Anke kam herbeigelaufen und zeigte ihren Dienstausweis. Der Polizist trat zur Seite. Ubbo hielt sich nicht mit Formalitäten auf, sondern stürmte hinein. Im Empfangsbereich des Maklerbüros blieb er erstarrt stehen. Anke sah ihn an und ahnte, was ihm durch den Kopf ging. Er würde es sich nie verzeihen, wenn Kati etwas zugestoßen wäre.

Langsam löste sich Ubbos Erstarrung. Ein Uniformierter kam aus dem Büro und sagte: „Sieht übel aus.“

Ubbo ballte seine Hände zu Fäusten und ging langsam in Richtung Büro. Er zögerte einen Augenblick und stieß die Tür vorsichtig mit seiner Fußspitze auf, um keine unnötigen Fingerabdrücke zu hinterlassen.

Anke wappnete sich für das, was sie im Büro erwarten würde, und wünschte, sie könnte ihrem Kollegen helfen. Sie schaute vom Türrahmen aus in das Büro hinein.

An der Bürowand hinter dem Schreibtisch stand ein Polizist, der auf den Boden starrte. Anke sah den Rücken eines knienden Notarztes und einen Rettungsassistenten, der eine Infusion hochhielt. Beide versperrten den Blick auf die verletzte Person am Boden, deren restlicher Körper durch den Schreibtisch verdeckt wurde.

Langsam, mit hängenden Schultern und gesenktem Kopf ging Ubbo auf die Gruppe zu.

Im nächsten Moment drehte er sich um und lächelte seine Partnerin an. Mit zittrigen Fingern fuhr er sich durch sein dichtes Haar.

Anke war mit einem Satz bei Ubbo. Sie legte ihm die Hand auf den Arm und spähte über seine Schulter. Es sah übel aus, keine Frage, aber für Lutz Meiman. Er lag in einer Blutlache und wurde vom Notarzt versorgt.

Anke folgte Ubbos Blick zur Sitzgruppe des Büros, auf der sie vor wenigen Tagen gesessen hatten. Kati kauerte mit blutverschmierten Händen auf einem der Stühle und schien teilnahmslos, aber unverletzt die Ereignisse zu verfolgen.

„Du lebst“, flüsterte Ubbo und eilte zu ihr. „Schau mich mal an“, bat er sie.

Diese Bitte schien Katis Apathie zu durchbrechen. Tränen flossen unaufhaltsam über ihre Wangen.

Ubbo nahm sie in die Arme und hielt sie fest an sich gedrückt. Sie schmiegte sich an ihn. „Ist alles in Ordnung?“, fragte er behutsam.

„Ja, ich glaube schon“, krächzte Kati.

Ubbo löste seine Umarmung und hielt sie an ihren Oberarmen fest. Er starrte auf ihren Hals.

Anke beobachtete die beiden. Sie war fasziniert von dem Wechselbad der Gefühle, das ihr hier geboten wurde. Von Angst und Verzweiflung über Erleichterung und Mitgefühl, schien Ubbo nun mit unbändigem Zorn zu kämpfen. Unfassbar, dass sie diesem Mann vor zehn Tagen Schweigsamkeit und Gefühlskälte attestiert hatte. Jetzt war sie innerhalb von Minuten Zeugin einer ganzen Palette von Emotionen geworden. Auch sie sah sich Kati genauer an. Die dunklen Schatten unter ihren Augen ließen erahnen, dass sie vollkommen erschöpft war. Sie sah leichenblass aus und am Hals bemerkte Anke dunkelblaue Würgemale. Wie vermutlich ihr Kollege auch hatte sie die unnatürlich raue Stimme wahrgenommen. Anke ahnte, was in Ubbo vorging. Das war knapp gewesen.

Kapitel 21

Ubbo sprach beruhigend auf Kati ein und versuchte, ihr Antworten zu entlocken. Aus weiter Ferne, wie durch Watte, hörte sie seine Frage: „Was ist passiert, Kati?"

Sie sagte nichts und hielt ihre Augen fest geschlossen. Sie sog den Geruch seines Rasierwassers ein. Dieser Duft beruhigte sie und sie fühlte sich in seinen Armen sicher und geborgen. Tränen brannten hinter ihren Augenlidern. Sie krallte ihre Finger in seinen Rücken und ließ es nur ungern geschehen, dass Ubbo die Umarmung löste. Dann begann sie zu zittern und durchlebte in ihrer Erinnerung gefangen die letzten Minuten erneut.

Kati war mit Lutz Meiman allein in seinem Büro und dem Tode nah. Sie spürte seine Hand, die sich wie ein Schraubstock um ihren Hals schloss und unnachgiebig zudrückte. Sie bekam keine Luft mehr, ihr Herz raste und es wurde schwarz vor ihren Augen. Panik strömte durch Katis Körper und sie wusste, sie musste jetzt handeln oder ihr Tod wäre besiegelt. An die Wand gequetscht und um Sauerstoff ringend, überdachte Kati in Sekundenbruchteilen ihre Angriffsoptionen.

Mit ungeahnten Kraftreserven und dem unbändigen Willen zum Überleben startete sie einen Befreiungsschlag. Sie schlug mit ihrem linken Arm mit aller Kraft von oben auf den ausgestreckten Arm, der ihren Hals umklammerte. Dabei ging sie gleichzeitig leicht in die Knie. Lutz Meimans Arm beugte sich im Ellenbogengelenk und der Druck auf Katis Hals verringerte sich. Dankbar sog sie gierig die Luft ein. Zeitgleich setzte sie ihre rechte Hand ein. Sie schlug mit voller Kraft mit der Handkante gegen den Hals ihres Angreifers. Der röchelte. Schon holte sie mit der Faust erneut aus, traf seine Nase. Ein unheilvolles Knacken war zu hören. Ein Geräusch wie trockene Zweige, die von Schuhsohlen zertreten werden. Blut floss schwallartig aus seinen Nasenlöchern. In kürzester Zeit waren Hemd, Sakko und Boden blutverschmiert.

Kati ahnte, dass sie ihrem Angreifer soeben Knochen gebrochen hatte. Dennoch trat sie ihm mit ihrem Knie in seine Weichteile. Zwei weitere Male boxte sie gegen Hals und Nase. Beim zweiten Schlag rutsche ihre Faust über seine blutige Haut und konnte ihre Schlagkraft nicht voll entfalten. Sie keuchte und kämpfte neben dem Sauerstoffmangel gegen einen Brechreiz. Lutz Meiman wand sich vor Schmerzen und fiel wie ein Sack Kartoffeln bewusstlos zu Boden. Kati vermutete, dass sie mit einem ihrer Schläge seinen Kehlkopf oder seine Luftröhre verletzt hatte.

Ihr eigener Hals schmerzte und das Schlucken tat weh. Sie fasste sich an ihre Kehle und hustete. Das Adrenalin schien sich in ihrem Körper so schnell abzubauen, wie es ausgeschüttet worden war. Kati merkte, dass ihre Beine anfingen zu zittern. Ängstlich schaute sie auf ihren Gegner.

Er schien bewusstlos oder tot. Sie fühlte seinen Puls und war erleichtert, ein stetiges Pochen an seiner Halsschlagader zu spüren. Umständlich kramte sie in ihrer Aktentasche nach dem Aufladekabel ihres neuen Handys. Damit band sie mangels Alternativen die Hände von Lutz Meiman auf dem Rücken fest zusammen.

„Du willst es doch auch“, krächzte sie verächtlich und rief zum zweiten Mal in elf Tagen den Notruf.

Sanft schüttelte Ubbo Kati. „He, es ist vorbei. Du bist in Sicherheit“, flüsterte er.

Nur langsam gelang es Kati, ihre Erinnerungen abzuschütteln und die Gegenwart wahrzunehmen. Benommen fasste sie sich an ihre Kehle.

Anke trat näher und fragte: „Frau Hülsberg, können Sie uns erklären, was hier vorgefallen ist?“

Kati nickte, löste sich aus der Ubbos Umarmung und kramte nach ihrem Smartphone. Sie übergab es Anke und hauchte: „Sprachmemo. Ich brauche das Handy aber sofort zurück. Es ist neu und war teuer.“

Anke verzichtete auf einen bissigen Kommentar und schüttelte nur genervt den Kopf.

Neugierig hörten Ubbo und Anke sich die Sprachaufzeichnung an. Auf einmal passten alle Puzzleteile zusammen. Lutz Meiman hatte Julia vergewaltigt, als sein Sohn im Nebenraum seinen Rausch ausschlief. Niemand eilte dem Mädchen zu Hilfe in dieser Nacht, die ihr ganzes Leben veränderte. Danach brach sie ihre Beziehung mit Michael Meiman ab und zog sich zurück.

„Was für ein grausamer Zufall, dass Julias Verlobter gerade diesen Immobilienmakler beauftragt hat", stellte Anke fest. „Ob sie ohne das Wiedersehen mit den Meimans an der Seite von Felix Schönfelder glücklich geworden wäre?", fragte sie ihren Kollegen.

Der schüttelte frustriert den Kopf. „Das weiß ich nicht, aber ich hätte ihr einen Versuch gegönnt."

„Was machen wir mit unserem Jan van Leyen?", wollte Anke wissen.

„Ach, darum kümmern wir uns morgen", sagte Ubbo und sah zu, wie ein weiterer Notarzt den Raum betrat und Kati untersuchte.

Kapitel 22

Am nächsten Morgen öffnete sich die Tür eines der Büros im Polizeipräsidium und eine gramgebeugte Frau verließ mit zögerlichen Schritten den Raum. Karin Brink lief auf dem Weg zum Fahrstuhl den Flur entlang. Mit jedem Tritt hörte man das Knirschen ihrer Schuhsohlen und dann und wann ein leises Schluchzen. Ihren Mantel hatte sie unordentlich über ihren Arm gelegt, so dass ein Ärmel auf dem Boden schleifte. Mit gesenktem Kopf bog sie um die Ecke.

Ubbo und Anke schauten ihr schweigend hinterher. Schließlich seufzte Ubbo und fragte leise: „Eine gebrochene Frau. Meinst du, sie wird sich von diesem Schicksalsschlag erholen?“

Anke presste ihre Lippen zusammen und überlegte.

„Als sie in der Vernehmung erzählte, sie habe ihrer Tochter damals nach der Vergewaltigung geraten, ‚schweig, Julia, schweig‘, liefen ihr die Tränen über die Wangen. Sie glaubt, ihr Rat hätte Julias Tod verursacht. Frau Brink sah so verzweifelt aus. Ich hätte sie gerne getröstet, aber was sie sagte, ist wahr.“

Ubbo atmete hörbar aus. „Ein hartes Urteil, Anke. Ich kann verstehen, dass sie ihrer Tochter damals geraten hatte, die Tat zu verschweigen."

Verständnislos sah Anke ihren Kollegen an und schüttelte fassungslos den Kopf.

Ubbo rechtfertigte sich. „Vor ein paar Jahren gab es eine Untersuchung. Die Verurteilungsquote bei Vergewaltigungen liegt unter 8%. Die Chancen auf eine Verurteilung hängen unter anderem davon ab, in welchem Bundesland die Straftat verübt wurde. Es macht einen Unterschied, ob es in Berlin oder Sachsen passiert."

„Was hat das Bundesland damit zu tun? Es gilt überall das gleiche Gesetz", fragte Anke ärgerlich nach.

„Die Ursachen kenne ich nicht. Aber ich habe gelesen, dass zwischen 2014 und 2016 die Verurteilungsquote bei derartigen Tatbeständen in Sachsen bei über 20 % lag und in Berlin unter 5%. Die Quoten sind in den letzten Jahrzehnten sogar gesunken." Ubbo schwieg einen Moment und fügte dann hinzu: „Daher kann ich Julias Mutter und ihre Entscheidung, lieber zu schweigen, verstehen. Die Folgen hat sie nicht ahnen können."

„Aber", widersprach Anke, „so ein Verbrechen kann man doch nicht einfach hinnehmen. Damit ermuntert man den Täter, weitere Frauen zu vergewaltigen." Sie baute sich vor Ubbo auf und sah ihn angriffslustig an.

„Anke, du weißt selber, wie das in der Praxis läuft. Eineinhalb Jahre Ermittlungsverfahren, und oft wird die Sache von der Staatsanwaltschaft wegen unzureichender Beweise eingestellt. Die Anwaltskosten der Betroffenen übernimmt keiner und das verängstigte Opfer wird durch die Untersuchungen und Befragungen retraumatisiert", erklärte er ihr ruhig. „Du kannst der Mutter keinen Vorwurf machen, dass sie ihrer Tochter das ersparen wollte. Die Konsequenzen konnte niemand vorhersehen."

„Ubbo, wer alles immer unter den Teppich kehrt, darf sich nicht wundern, wenn überall Stolperfallen lauern", erklärte Anke vehement. „Fehler im System sollte man nicht hinnehmen. Die Antwort darauf können auch nicht Selbstjustiz oder fingierte Beweise sein", verteidigte sie ihre Überlegungen.

„Ich sehe keine Lösung für dieses Dilemma", erwiderte Ubbo, zog entschuldigend seine Schultern hoch und streckte seine Handflächen nach oben.

„Dann denk gefälligst darüber nach", sagte Anke genervt, „ich kann nicht alle Lösungen alleine finden."

Ubbo nickte und lächelte sie entwaffnend an. „Meine spontane Antwort folgt in einigen Monaten."

Ankes Frust über dieses schwierige Thema hatte sich mit seinem Lächeln aufgelöst. Kameradschaftlich knuffte sie ihm in die Rippen. Sie murmelte: „Idiot. Los komm, die Arbeit erledigt sich nicht von selbst. Die Befragung von Meiman steht noch an. Außerdem könntest du bei der Spurensicherung nachfragen, ob bei der Hausdurchsuchung von Lutz Meiman das fehlende Kissen, die Tatwaffe und Julias Handy aufgetaucht sind. Apropos Spurensicherung, das Tatwerkzeug für die Einbruchsspuren an der Wohnungstür fehlt auch noch. Umso mehr Beweismaterial, umso besser." Schwungvoll ging sie in Richtung Büro und Ubbo folgte ihr.

Es klopfte an Ubbos und Ankes Büro. Zaghaft öffnete Kati die Bürotür und lugte vorsichtig hinein. Sie trat ein und flüsterte heiser:

„Ich habe alle Protokolle unterschrieben und wollte nur noch schnell ‚Tschüss' sagen, bevor ich gehe."

„Tschüüs", sagte Anke und winkte ihr als Zeichen des Abschieds zu.

Kati verstand die unverkennbare Aufforderung, schnell zu verschwinden sehr wohl, aber sie ignorierte sie. Stattdessen lächelte sie Ubbo an. Anke verdrehte die Augen und seufzte für alle hörbar.

Kati bemerkte, dass Ubbo seinen Blick auf ihren Hals heftete. Den verdeckte sie wohlweislich mit einem Schal. So waren die Würgemale nicht zu sehen. Der gestrige Abend hatte nicht nur Spuren auf ihrem Hals hinterlassen, sondern war auch ihrer Stimme anzuhören. Nur ein raues Flüstern war möglich.

Ubbo atmete tief ein. Er kramte in seiner Hosentasche und förderte einen Schlüsselring zutage. „Hier, ich habe etwas für dich."

Interessiert kam Kati näher und sah sich an, was Ubbo ihr entgegenhielt. „Was ist das?", krächzte sie skeptisch.

Auch Anke war neugierig geworden und versuchte, einen Blick auf Ubbos Handfläche zu erhaschen.

Verlegen erklärte er: „Eine Wohnung für dich. Die Adresse steht hier auf dem Zettel."

Ungläubig nahm Kati die Schlüssel und das Stück Papier entgegen.

„Spiekerhof, eine Wohnung im 2. Stock, 64 qm für *den* Preis. Ich glaub's ja nicht. Das klingt fantastisch!"

Auch wenn ihre Stimme nur ein kratziges Flüstern war, ihre Freude war unverkennbar. Kati tänzelte von einem Fuß auf den anderen. Sie schaute auf den Schlüsselbund, als sei er ein Diamant. Allerdings waren gute Wohnungsangebote in Münster eindeutig seltener als Diamanten. „Wie ist das möglich?", stammelte Kati.

„Ich habe doch gesagt, meine Tante hat ein paar Immobilien und kennt viele Leute. Schau dir die Wohnung an und sag dann Bescheid, wie du dich entscheidest."

Katis Freude zauberte ein seltenes Lächeln auf Ubbos Gesicht.

„Da gibt es sicherlich einen Haken. Was muss ich für die Wohnung tun?", fragte Kati skeptisch. Sie hielt die Schlüssel fest umklammert. Die würde sie nicht mehr hergeben. Vorbei die Nächte auf der durchgelegenen Couch ihrer Schwester.

„Na", schmunzelte Ubbo, „ein Abendessen wird schon erwartet."

Irritiert zog Kati ihre Stirn kraus. „Ein Abendessen?“, fragte sie verwirrt. Einen winzigen Moment zögerte sie. Dann antwortete sie: „Klar, von mir aus gerne. Wenn deine Tante mit mir essen gehen will, warum nicht? Ich würde mich freuen. Schick mir ihre Nummer, dann vereinbare ich mit ihr einen Termin.“

„Äh ...“, verdutzt starrte Ubbo sie an, während Anke offenbar verzweifelt versuchte, sich ein Lachen zu verkneifen.

Kati sah beide fragend an.

„Also, ich dachte“, fing Ubbo an, als Katis Handy vibrierte.

„Oh, da muss ich kurz drangehen. Hallo“, hauchte sie, „nein, das habe ich aber auch schon vor Tagen gesagt. Klipp und klar. Missverstanden? Wie kann man das missverstehen? Das kann ich nicht ändern. Du, ich rufe dich gleich zurück. Ich muss jetzt Schluss machen. Ich bin noch bei der Polizei. Ich rufe dich gleich zurück, versprochen. Tschuldigung“, murmelte Kati, „das war meine Schwester. Manche Menschen können nicht kommunizieren. Die verstehen die einfachsten Sachen falsch.“ Sie schüttelte verständnislos ihren Kopf und verstaute das Zweithandy ihrer Schwester in ihrer Handtasche.

„Ja“, mischte sich Anke ein, „und von solchen Menschen gibt es mehr, als man denkt.“ Dabei lachte sie und strahlte Kati an.

Die schaute verständnislos Anke an und danach Ubbo. Dann wedelte sie mit ihren Schlüsseln und flüsterte freudestrahlend:

„Was ist, kommst du mit, meine neue Wohnung besichtigen?“

Ubbo strich sich durch seine Haare, seufzte und erwiderte barsch: „Muss noch arbeiten.“

Erstaunt runzelte Kati die Stirn und sah ihn verwundert an. Sie schüttelte leicht den Kopf. Im nächsten Moment klimperte sie gutgelaunt mit ihren Schlüsseln und hauchte: „Na ja, ich sehe sie mir jetzt an und melde mich dann. Vergiss nicht, mir die Nummer deiner Tante zu schicken. Und nochmals tausend Dank. Ach ja, mein Handy .... ach egal, darüber reden wir ein anderes Mal.“

Beschwingt und voller Tatendrang verließ Kati das Büro.

Anke platzte fast vor möglichen Kommentaren. Sie hatte sarkastische, gemeine und witzige zur Auswahl. Aber sie hatte heute ihren gutmütigen Tag. Sie stimmte in Ubbos Schweigen ein und widmete sich dem Papierstapel auf ihrem Schreibtisch. Da lag unter anderem ihr Versetzungsantrag. Anke überflog das Schreiben, überlegte einen Moment, und zerriss es dann sorgfältig.

Ich gebe ihm ein paar Wochen Probezeit, dachte sie bei sich. Schließlich wollte sie wissen, wie sich das mit Ubbo und Kati weiterentwickeln würde.

Anke ertappte sich dabei, wie ein Lächeln über ihr Gesicht huschte.

Münster und der Regen

In diesem Regionalkrimi ist das Wetter ungemütlich, regnerisch und kalt. Passend dazu verweise ich in Kapitel acht auf die Redewendung „In Münster regnet es oder es läuten die Glocken, und wenn beides zusammentrifft, ist Sonntag."

Das Wetter in der Geschichte ist **fiktiv**. Etwaige Ähnlichkeiten mit dem tatsächlichen Klima in unserer Stadt sind rein zufällig.

In der Tat taucht Münster in der Statistik der Städte in Deutschland mit der größten Niederschlagsmenge (2020) erst auf Rang acht auf, hinter München, Köln, Hamburg, Trier und anderen Orten. Die Niederschläge verteilen sich bei uns nur ungünstiger.

Wir reden auch nicht gerne von Regen, sondern sagen liebevoll „es meimelt". Ganz wichtig, in den letzten Jahren gab es bei uns: Sonne satt!

Einem Besuch der Stadt steht damit nichts im Wege. Bis bald!

Druck:
Customized Business Services GmbH
im Auftrag der
KNV Zeitfracht GmbH
Ein Unternehmen der Zeitfracht - Gruppe
Ferdinand-Jühlke-Str. 7
99095 Erfurt